魔女の森へ

「小さな楽園」の作り方

宮迫千鶴

海鳥社

魔女の森へ　小さな楽園の作り方◉目次

緑に囲まれながら

魔女の森へ

魔女の森へ

「小さな楽園」の作り方

装丁・挿画　著者

魔女の森へ

小さな楽園の作り方

緑に囲まれながら

flower

1　自分という自然

「旧暦」を中心にして暮らす人たちが増えてきたという。なにも農業や漁業の人たちばかりではない。東京・自由ケ丘あたりのファッション・ショップの仕入れにも、旧暦が活用されているという。

旧暦、月が地球を一周する時間をもとにした暦。月の満ち欠けを基準にしてそこに太陽の運行による季節の変化を取り入れたもので、海の潮の干満や植物の生育といった自然のリズムは旧暦のほうがよくわかる。

私はさほど旧暦を意識して暮らしてきたわけではないが、ここ数年、北海道でエコロジカルな雑貨店を営んでいる女友達からきっちりと満月の日に「満月、おめでとう」という絵葉書が届く。

もちろん田舎暮らしのおかげで、私も月の満ち欠けには敏感になっているが、「満月、おめでとう」と言われると、なんだか日々が新鮮に循環しているようでうれしい。太陽暦の時間から離れるわけにはいかないけれど、今年からもっとこの月の暦を暮らしの中に取り入れてみようという気になった。

今年、届いた年賀状の中に「自分という自然に出会う」というテーマについて考えている、というのがあった。書いた人は男性だ。「自分」というものをこれまでの文化は認識や心理、感情といった心的現象からとらえてきたが、「自分という自然」と見るほうがもっと包括的だし、まさにエコロジカルだ。女性にとっては「自分」と「自然」のつながりは、「月のめぐり」からしてもありありと感じられるものだが、男性がそういった意識を持ちはじめたというのはいい感じである。

いま、リストラや失業によって自殺していく男性が多い中で、もしかしたら男性の意識変革はこういうところから生まれるのかもしれない。

ところで、旧暦で言えばこれを書いているいまはまだ十一月。外では太平洋から吹きつける木枯らしが吹き荒れている。今年は二月十二日が旧暦の元旦!

2 「臨生体験」という喜び

伊豆高原の背後にぬっと出た休火山・大室山《おおむろやま》の山焼きが、今年は二月の十日におこなわれた。三十分足らずで山は一面真っ黒になり、春が始まる。

ところで、私はときどき精神神経免疫学者のポール・ピアソールの書いた『ハワイアン・リラックス　生きる喜びの処方箋』（河出書房新社）を読む。ハワイのマウイ島出身のポールが、東洋や西洋の伝統とは違う「第三の視点」として、ポリネシア文化の根源を現代風に伝えようとしているものだ。

きっちりと読めばいいのに、なぜか手に取って開いたところから読む。どうも私は理解するためにこの本を読んでいるのではなく、安堵するために読んでいるふしがある。

「瞑想にふけって個人の精神を広げるよりも、ポリネシア人は土地を耕して全存在を育てます。神聖さに対して無防備で、神聖さに結びついた感情だけを生きるあかしと考えているのです」

「心理学で言う超越とは、通常の経験を超えた次元を指すことが多いようです。けれどもオセアニアでは、日常生活全般に完全にひたり切ることを超越だと考えます。神は『高いところ』『遠いところ』にいるのではなく、すべての人や事物そのものです。個人がめざす目標ではなく、共有するべき日々の暮らしかたなのです」

では、何を「安堵」したいのか？　西洋的な哲理の居心地の悪さを抱え、あるいは東洋的な瞑想よりも歌や踊りによる自我の消滅を好む私のような人間には、南の島のプリミティブな汎神論のほうが心地よいのだ。

この本の中に「臨死体験」ではなく、生きる喜びを表した「臨生体験」という言葉が出てくる。そうだ、これなんだ、チャーミングなことは。まだ一度しかハワイに行ったことはないけれど、あの乾いた空気、南国の心地よさ。たった一度でこの島のアニミズムに私の魂の傾向を見抜かれたように思う。

3　故郷の海を眺めながら

春の初め、広島の中国電力のロビーで、六十点の作品を並べた個展をした。広島は故郷の町だが、三十年も離れているので、知らない町になった。

大学時代の同級生に「見晴らしがいいから」と誘われて、デルタの町のほぼ真ん中にそびえるリーガロイヤル・ホテルの三十三階で昼食をとる。六つの川の流れに囲まれた町はすぐに海に続き、海には点々と島々が浮かぶ。その見晴らしを眺めているうちに、切々とした望郷の想いが押し寄せてきた。

とりわけ島々の浮かぶ瀬戸内海への懐かしさ。まったりとした海面の静かでおだやかな光は島の丸っこいかたちによく似合っている。両親の離婚によって、人生の早い時期に自分を支える「基盤」が壊れるという体験をしたせいか、私の故郷での思い出には痛くて苦いものが多いのだが、この海だけはいつもおだやかに光っていた。多分、私の故郷はこの海だ、と気づく。

その同級生とはそれほど親しくしていたわけではなかった。しかし卒業後三十年、それぞれの道を歩いて、その日、同じように海を眺めて数時間を過ごした。青春の時を共有したが、不思議と「過去」はどうでもよかったし、「未来」もどうでもよかった。何杯もコーヒーを飲んで、茫洋とした会話をしていた。ただ、別れの言葉をかわして立ち去っていった彼女の後ろ姿を見たとき、三十歳を過ぎて教師になり独身で生きてきたという彼女の人生の重さをかいま見た気がした。

　五十代になってから、他者の「重さ」が愛おしく感じられるようになった。わが家には二匹の猫がいて、一匹は尻尾が長く、一匹はほとんど尻尾がない。多分、人生の違いというのもそんなものなのかもしれない。伊豆に帰ってから眺める太平洋のくっきりとした水平線。この半島は光が明るいので好きなのだけれど、島が少ない。伊豆七島でも、私にはそれでも少ないのである。

4　植物に癒されて

眠れる休火山・大室山の麓を通り、新緑にわきたつ山のハイウェイを走り抜ける。花は咲き、鳥は歌い、虫たちは飛び交う。今朝、わが家の裏庭で激しく鳴き争っているムクドリの声がした。ときどきしか主の来ない別荘の雨戸の中で巣作りをしようとする三組の鳥たちが、場所争いをしている。なにもわざわざそんなところでと思うけれど、鳥には鳥の考えがあるのだろう。

春は、植物の不思議さを感じる季節。オーストリア・チロル地方の農家に生まれ、祖父からさまざまな自然についての知識をうけついだヨハンナ・パウンガーはこんな素敵なことを言っている。

「土がまだ自然な状態を保ち、肥料や農薬を与えられていない場合には、一戸建ての家のまわりには実にさまざまな薬草が育つものです」「住人のうち誰かが身体が弱かったり、病気にかかっていたりすると、突如としてそれに効く薬草が近くに生えてくるのです」（『月の癒し』飛鳥新社）

身近な植物をこういうふうに受け入れると、どんな雑草も「自分のためにある」ような気がし、自分が草花とつながっていることがうれしくなる。それにしても薬草がその人のために生えてくるなんて感動的だ。わが家の周りに生えてくるものはドクダミだ。これを化粧水にする方法を誰かに教わろうかな。

少し前、ある女医さんにすすめられて「エドワード・バッチ博士のフラワー・レメディ」を飲んだ。野山に自生する花や木の波動や薬効成分のエッセンスで、さまざまな精神状態を治療するというものであるが、私の場合、「西洋ニレ」のおかげで過労のストレスで悩んでいた気持ちがみごとに消えた。友人たちは「はんにち花」のおかげでショックを癒され、あるいは「西洋野ばら」のおかげで無力感から立ち直った。小さな瓶に入ったエッセンスを、ほんの数滴飲むだけだから、ほんとうに魔法のような効き目で不思議だった。

5　なぜか「白い」気分

この春、庭に何色の花を植えようかと思ったときに浮かんだのは「白」と「青」だった。

その直感を信じて、小さな「白い庭」と「青い庭」のエリアを作った。そう感じた同

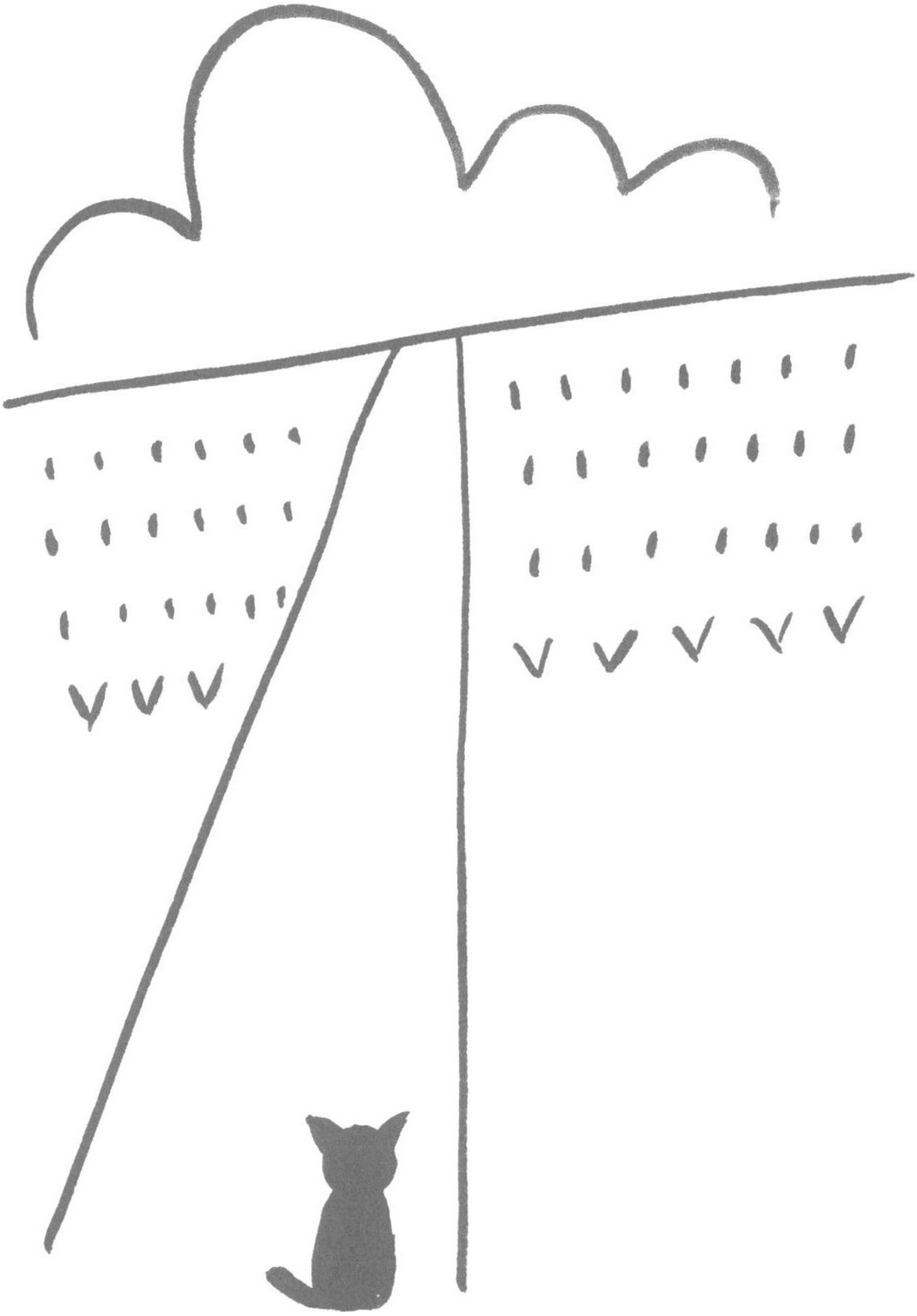

じころ、すぐご近所の花壇を見ると「白い花」がたくさん植えてあった。この庭の持ち主も「白」に強く惹かれたのだろう。

二十一世紀になったころ、どうしてか「黄色」が気になってしかたなかった。それは私だけの気分でもなかったようで、何人かの人が「今年は黄色」と答えていた。そのころ私は黄色の大きな満月の出る絵ばかり描いていた。黄色が出れば当然オレンジもあふれてくる。

だがいまは「白」に惹かれている。こういうことはインスピレーションだから、理由はわからない。

そんなふうに「白」に惹かれていたら、ひょんなことで「ヒーリングダンスのつどい」に参加することになった。チラシに、「踊りと言っても、別に難しいものではありません。音楽を聴きながら、内側に意識を向け、自然な体の動きに任せます」とあった。これだけで充分、ぴんときたが、「見せるためのものではありませんから、かっこ良さなど必要ありません。自由にのびのび思うがままに踊るだけです。体だけでなく、心のしこりまで取れていきます」とあって、もう踊るしかないとこれまた直感した。

さらにそのあと「ゆったりした服装（できれば白っぽい服）でお越しください」とあった。またもや「白」だ。

指導というか一緒にダンスしたのは、『あなたが主治医』（ほたる出版）の著者で「行医」と名乗る大村雄一先生。大村先生も全身「白い服」だった。そして海の見える真鶴半島の居合道場で、先生のかけるCDに合わせて四時間ぶっつづけで、踊りっぱなし。結果は、心も体も頭の中も「真っ白」。踊る阿呆というのは、すこぶるいい気持ちであることを知った。

6 新しい荒野にいる日々

雨が一日中降りつづき、雑木林を包んでいる霧が私の心の奥にまで入ってくるので、穏やかにただ霧を見ている。

こんな静かな気分は「若さ」から離れたからこそ味わえる。夾雑物に混乱したやみくもなエネルギーはさいわいもう消えた。しかし人生が「未知」にあふれていたころの謎めいた感覚には少し未練がある。だが、そうだからといって、いま手にしている心の広がりは捨てがたい。荒野のひとつふたつは我が心におさまっているのだから。

このところ「二十世紀的な思考の枠組み」に囚われている人の放つ波動が重く感じられてならない。物質的科学や唯物論に限界づけられた感性はなんだか鉄人28号のようだ。まるでこの地上に縛りつけられているみたいに重工業的すぎる。

だからといってアトム君にも、もう飽きた。アトムの向こうに見えるのはプチ整形やデザイナー・ベイビー、人工臓器や核爆発……。

そんな新しい重さではなく、もっと軽やかなもの、もっと透明なもの、もっと豊饒なもの、もっと腑に落ちるものに向かって進みたい。

そんな気持ちでふと手に取った一冊の薄い本、『大地の天使たち』(日本教文社)。霊的農業によって奇跡をなしとげたフィンドホーンの創設者の一人、ドロシー・マクリーンがチャネルした自然の精霊や天使のメッセージである。四、五年前、この本を開いたときには、私はまだ二十世紀の重さにあえいでいて「精霊の言葉」の前で苦笑しながら本を閉じた。だが、いまはすべてが光のように理解できることに驚く。私の中の何かが変わった。

五十代になったら噛みしめるようにして学ぼうと思っていたルドルフ・シュタイナーの神智学も、ようやく少しわかりはじめた。知性でわかるのではない。心でもない。これからの未来に向かう私の霊的な理解が少し、ほんの少し始まったのだ。だからいま私は新しい荒野にいるさわやかな気分である。

7 新しい「自由時間」

最近、少々落ち込んでいること。わが家の背後の山・大室山のふもとにある清潔なカラオケ屋さんが閉店しそうなこと。

「僕はもう七十五歳なんだからね。七十五歳というのはやっぱり疲れるよ。おたくみたいないいお客さんばっかりだったらいいんだけど、そうもいかないしね」

と、オーナーのご主人。企業に貸していたペンションをそのままカラオケ屋にして、七十歳からスタート。数人の従業員とご夫婦で深夜まで働いていたが、さすがにギブ・アップだという。無理もない、深夜労働だ。

「おたくみたいなお客」とほめられている私たちは「夜八時から歌いはじめて十時に終えて帰る」客のこと。注文はコーラだけで、部屋も汚さないし、楽しく歌ってるだけ。こういう客は優良なんだそうであるが、困るのは旅の恥はかき捨てで騒ぐ観光客や、酔っ払い、モラルのない夜遊びの若者たち。穏やかに遊ぶシニアのお客は残念ながら少ないのだという。

「そういうお客にあれこれ注意するのも、もう疲れちゃったよ」

そうだろうと、同情しながら話を聞いていた。シニアの上品なご夫婦が経営されていただけあって、そのカラオケ屋は居心地がよかった。だからこそ、私たちは仕事を終えて食事を済ませ、そのあと歌いに行って夜の楽しい時間を過ごしてきたのであるが、そういう上品さで経営するのはなみたいていではなかったろう。残念ながら、これで「大人の遊び場所」がひとつなくなりそう。

九十歳の現役のスーパー老人・日野原重明医師は「六十五歳は高齢者ではない」「七十五歳から新老人！」と掛け声をかけておられる。

「老い」というのは「終わりの時間」ではなく、新しい「自由時間」だと私は考える。もっと上手に積極的にこの自由時間を楽しむシニアたちが増えたら、『ブエナビスタ・ソシアルクラブ』も夢じゃないのになあ。

8 屋久島への旅をして

「どんな人間にも、幸福になれるよう運命づけられた場所がある。彼が開花し、単なる生きる悦びを越えて、法悦にも似た悦び、フローベルが語るあの悦びのひとつを知りうるような風景があるものだ」

これは私が青春時代から秘かに愛しつづけているカミュの師、J・グルニエの『地中海の瞑想』（成瀬駒男訳、竹内書店）の冒頭の言葉だ。たしかにこの地球をあちこち旅していると、自分の魂が悦びの声をあげる風景がある。私にとっては、ニューメキシコの荒野の乾いた大地、雨期のあふれる緑に染まったバリ島。そして幸福なことに、私は光あふれるわが愛しの伊豆半島でも「悦び」を感じることができる。

ところで、この夏、女友達と縄文杉の屋久島を旅した。「洋上のアルプス」と呼ばれる太古のパワーにあふれる島。プロペラ機が着陸する寸前に目に飛び込んできた険しく高い山並みは、のんべんだらりとした南の島を求める私を責めるように屹立していた。南にある原始性。岩石や植物、山や海や川がまだまだ自然の「生粋さ」を保っている島。

その島に一軒あった、穏やかな風が吹き抜けて、ひきたてのコーヒーの香りの漂うカフェ。そこでこの島を生きた山尾三省さんの晩年の一冊『アニミズムという希望』（野草社）を買う。屋久島は三省さんの生命が「開花」した場所だ。東京に生まれた詩人は、この原始の島で思索しながら生き、それを『アニミズムという希望』に熟成させた。

鹿児島から飛び立った帰りのジェット機の中でその本を読む。縄文杉に較べ、はかなくも短い人の一生という時間。この詩人の言葉の中にあふれる島の生命力を胸の奥に深々と吸い込みながら、それが残っているうちに、伊豆半島に帰りたいと願う。

それにしても「島」という小さく完結した時空は、なんと魅力的な場所なのだろう。

そういえばグルニエには『孤島』という題名の一冊がある。

9 植物みたいにただ……

この土地でずっと暮らしてきた地元の人々を眺めていると、ときどき不思議な「うらやましさ」にとらわれることがある。この半島に生まれ落ち、この海で遊び、この山を歩き、畑や夕陽や水平線を心に刻み込みながら成長して、いまもなお「同じ風景」を呼吸しながら人生という時の流れに揺られている人たち。

この土地に伊豆急の電車が走ったのはわずか三十数年前。それまでは「新しいもの」はゆっくりとしか、この土地にやってこなかった。だから心の中には幼いときの記憶がさほど傷つくこともなく残っているのだろう。

「植物みたいにただ生きている感じがするんです。パルマに住んでるのは、だからなんですよ。ここには私のルーツがある。母方の家系がここなんです（と言いながら、彼は地面を二、三度踏んだ）。そう、この土地が私のルーツなんだよ」

この「地面を踏んだ」男とは、画家のミロ。この言葉に出会ったのは、一九九一年、東京駅のそばの大丸ミュージアムである。そのころ私は伊豆半島で暮らしはじめてまだ

tab
1+2

三年目だったせいか、この「植物みたいにただ生きている感じがするんです」というところに感動した。私も植物みたいに自然に、この土地に根づきたいと。

だがそれから十年以上の時間が流れ、いま私は「ここが私のルーツなんだよ」と熱く語ることのできるミロにうらやましさを感じている。私は少しはこの土地の植物になったかもしれないけれど、心の中にはまだまだ「よそ者」の風が吹いている。その風がときどき、何かの傷口をひりひりと撫でる。

私は「ルーツ」としての土地を失った者の一人だ。そのぶん、自然を求め、田舎に身を置いていられる幸福を強く意識することはできる。しかし地元の人たちの無意識はきっと私よりもずっと濃い緑色に染まっているのだろう。その素朴さをうらやましく感じるくらい、私の田舎暮らしも深まったのだろうか。

10　庭に吹いてきた新しい風

ガスレンジの具合が悪くなった。サーモスタットがきかない。修理に来てもらったがどうにもならない感じ。屋根も外壁も雨や日焼けにさらされた。デブ猫に引っ掛かれた廊下の壁も痛ましい。ビデオも調子が悪いし、テレビもそろそろ。昭和の終わる年には

みんなぴかぴかだったのに。

しかしそれらの不具合にはいっさい手をつけずに、思い立って女友達に会うために秋の札幌に飛んだ。電話ではしょっちゅう話しているけれど、会うのは六年ぶり。行ってみると彼女の家も同じようなときに建てたせいか、あちこち「問題」が発生。私たちが出会ったころは新品の家だったが。

いや、家だけではない。私たちだって、歳月にさらされて心も体もあれこれと「やや難あり」。女友達は七歳年下だが、更年期の入り口にさしかかり、私はそろそろ出口かなといったところ。そんな二人で小樽まで足をのばし、クラシックなホテルに泊まる。観光地の運河を眺めながら長い長い六年分のおしゃべり。

だが歳月を重ねること、いくつかの悲しみや苦しみをへて「いま」を生きるということは悪くない。二人でおしゃべりをしていても、若さがあったときよりもいまのほうがおたがいへの深い思いやりが生まれている気がした。

生きることとは学ぶこと、学んでいくと言葉を超えた理解が広がり、そのぶん赦しあえる。

二泊三日の小さな旅。

伊豆半島に帰ると、アトリエの庭を作り替える仕事が待っていた。お隣りに家が建って庭の風景が変わってしまったのだ。どちらかというと手入れの悪い私の庭。できるかぎり思い切ってさっぱりと庭木を刈り込んでしまいたい植木屋さんと、あくまでも自然な風情にしておきたい私との小さなバトル。秋の陽射しをたっぷりと浴びて、新しい庭を作る。庭の一角の木立の間から遠くに海が見える庭になって、新しい風が吹いてきた。

11　植物と暮らしていると

寒くなると、我が家のリビングは植物園のようになる。外に出していた観葉植物を取り入れるからだ。さいわいリビングの一部はサンルームなので、ガラスの天井から陽光が差し込み、植物の越冬には適している。植物とともに暮らすというのは、心の深いところが落ち着くような気がする。

しかしときどき怖いこともある。よその家やティールームの片隅で、しおれた観葉植物を見かけるとき、植物は「育て主」の何かを反映しているのではないかと思うからだ。そう思うのは僭越だろうか？

さっき私は『土壌の神秘　ガイアを癒す人びと』（春秋社）という本を読んでいた。近代の化学肥料や農薬を使った農業を脱出する道を探している本で、これまでとはちがった植物とのかかわりがたくさん出てくる。そこにヴィヴァルディの『春』やヨハン・

セバスチャン・バッハの『ヴァイオリン協奏曲ホ長調』を聞かせると、植物は喜ぶとあった。さっそくリビングに行って、『春』を流してきた。

リビングにあるスパティフィラムとはかれこれもう三十年近く一緒に暮らしてきた。私がまだ二十代の貧しい生活をしていたとき、先日、人生を終えた女優の范文雀が抱きかかえて持ってきてくれたものだ。

彼女と私は思春期に同じカトリックの女子校にいた。おたがいめざめた自我をもてあましていたころだから、深く付き合ったわけではなかった。その後、彼女は女優の道に、私は画家の卵の道に進んだ。

「画家はいいわね。自分をさらさないですむもの」と、彼女はため息をついた。なにか深く行き暮れている風だった。若かった私にはそれを慰める言葉も力量もなかったが、その日以来、彼女とは会うことはなかった。

そのスパティフィラムは、いまも青々と輝いている。もう何度も根分けした。多分、いまだったら、「画家も自分をさらけだしてしまうものよ」と答えたかもしれない。

12　土に着くこと

一九九八年に自然食通信社から出た『一条ふみさんの自分で治す草と野菜の常備薬』は、私の魂を土に引き戻してくれる本だ。昨夜、雪の降る寒い窓のそばで、久しぶりに開いて読んだ。帯のすてきな言葉を紹介しよう。

「北の地に生きる農民の人々に寄り添うように、無償の治療を続けた母の慈悲を受けつぎ、今日までたくさんの人たちを癒してきたふみさん。温かく、心にしみる薬草の世界をお届けします」

ここには自然の癒しの力にまつわる伝承と実践から得た知恵が、いきいきと語られている。しかもその知恵には、西洋医学の届かない北の僻地で生き死にを重ねてきた人々の自然への信頼がしっかりとあって、「生きる」ということはこういうふうに自然に身をゆだねることであったと、あらためて考えさせられる。

「薬草を飲んでいると、精神状態が柔らかくなるっていうことがあって」と、ふみさんは言う。草というのは、「柔らかい感情を人に与えている」から、現代社会の悪い面に対応して生きるには「そういう草の力を借りて生きる」ことが必要ではないか、と。

それにしてもこういう「自然の力」の伝承がどんどん薄れているのが現代である。わたし自身のことをふりかえっても、私の祖母は家庭菜園は作ってはいたが、農村を出て町で暮らしていてモダンな女性になっていた。私を置いて離婚していった母も町育ちの人だった。私がまだ若かったころは、封建性の残像よりもモダンさのほうが心地よかったが、いま考えるとこのふみさんのような女性が身近にいなかったことが少し残念である。

モダンというのは、土から離れていくことだ。それが近代化というものだったと言えばそれまでだが、近代化によって乾いてしまった私の魂は、このごろむしょうに「土に着きたい」と思う。そう思いながら雪の中で「薬草茶」を飲んだ。

13 「還相」という豊饒な自由

人生には「往相と還相」とがあるということを教わったのは、五十代になったばかりのころだった。「往／還」というのは、別の言葉でいえば「問いと答え」、「何故と然り」、あるいは「有と無」ほどの違いだ。

では「往還」のターニング・ポイントは何かといえば、言うまでもなく「死の自覚」

だ。「往く」人生観は「死」に向かっている。しかし「還る」人生観というのは「死」から「いま」を眺めている。五十代になるというのは多かれ少なかれ、そういうふうに生きる姿勢が転換していくことだ。

だが、「往相」と「還相」のどちらが豊饒かというと、これが「往相」ではないところが素晴らしい。表面だけ見ると、青春の肉体は若々しく可能性に満ちあふれ、未来のある「往相」のほうが豊饒である。「還相」はといえば、肉体はあちこち痛むし、もはや不可能性に取り囲まれ、未来よりも過去のほうが重くのしかかっている。

しかし、これが違うんだなあ。ほかの人はどうか知らないけど、私にとっては往相が終わって還相が始まっている「いま」のほうが、なんだか豊饒で愉しい。「死」というフィルターを手に入れたおかげで、以前よりも自分にやさしくなったし、他人が変なことをしていても赦せるようになった。

それに若い時代よりも快楽主義的になった。

若い時代の私というのは「考え」「問いかけ」「探求し」「納得しよう」としていたが、このごろの私というのは、「眺め」て「想い」「夢見て」「味わう」ことで満たされる。

若いころというのは、「人生というものの全体」を理解したかったが、このごろは「わたしの人生はささやかなほんの一例であった」ことを微笑みながら受け入れている。かつては「考えながら生きた」けど、いまは「生きたことを考えている」。「還相」の日

々というのは私にとっては、以前より「自由」だ。しかも新鮮な自由なのである。

14　淡々と変形を楽しみながら

仕事場を改造してちょっとしたマイ・ギャラリーにすることにした。築三十年以上の古い家なので、あれこれ手を加えていくと、新築にはない妙な味わいが出てくる。最近、東京では若い人たちが空き家になっていた時代遅れのオフィスや、崩壊するままになっていた一軒家などを改造して使いはじめているというが、「安い」という価値だけではなく、「面白い」という価値があるからだろう。

白紙に設計する自由さもあるが、そこにあるものを変形させていくというのは、まさにコラージュである。古い建築思想やサイズと妥協しながら、変形を楽しんでいる。

八年前、この家を手に入れたときもあちこち手直ししたが、そのときに頼んだ工務店に今回もお願いする。職人さんの顔ぶれはみんな同じ。私をふくめてみんな老けた。

しかし職人さんにとっては「老け」は「腕の上達」だ。みんなもくもくと「自分の仕事」をして、きっちりと帰っていく。この道一筋を生きてきた男たちの無駄のない充実感。そのそばでお茶を出したり、荷物を片づけたりしていると、なぜか気分が晴れていく。

このところ少々、鬱々とした気持ちがあった。ボランティアの市民活動をしていて、つい他人に期待し、それがかなわないと幻滅するという青臭い愚かさにまだ懲りない自分に呆れていたのだ。自分の情熱と他人のそれとを同じように考えてはいけない。

重要なことは淡々とである。私もこれからはもくもくと自分の仕事をする「職人」になろうと思い至った。

老けること、あるいは長い歳月を生きることのよさは、もう「自分探し」をする必要も時間もないことだ。築何十年という「私」に少し手を入れて新しい風を吹き込んだり、がたついてきた構造を強化することはできるが、すでに私の道はできている。この道をマイペースで歩きながら、職人のように淡々と暮らそう。そんなことを学んだ。

15 時代の波をくぐり抜けて

この春、新しく出た詩画集『月夜のレストラン』(ネット武蔵野)を大学時代の恩師に贈ったら、「よくもまぁ遠い道を」という感慨深い手紙をいただいた。恩師は中世文学、田植え歌のような民衆の中に潜んでいる歌心の研究家であり、いわゆる現代文学的な世界の人ではない。

恩師に出会ったころの私は、文学青年であった父に影響された文学少女でありながら、そこから抜け出そうとしている「ねじれた」人だった。それゆえ『徒然草』を卒論にした。恩師はそのときのチューターであった。

文学少女にとって『徒然草』は、文学と文学でないものを区分けするテキストだった。なにしろ『徒然草』の前段は短歌的な文学的な感性にあふれているが、後段は民衆を見つめ、己を見つめ、それを批評精神で表現するモラリスト的な知識人の眼差しが光っていた。前段には「若さの情念」が、後段には「中年の覚醒」があると私は思った。

恩師からは、私の卒論のコアを大切にしながら学術的に書き改めるように何度も勧められた。だがそれは文学的であった私には無理なことであった。詩人は直観で見通すかもしれないが、研究者に必要な忍耐強い実証性からはほど遠いところにいる。

また四十年近く前のこの国の文化というのは、世界の進歩に必要なのはマルキシズムであり、唯物的科学性であり、そういったものを受け入れるための乾いた感性であるという風潮が主流だった。それは私の本質には似合わないものだったが、誰もがそうであるように私も時代の波に呑み込まれて、文学から遠ざかった。そして一人で孤独に絵を描きはじめた。

いま私は、「若さの情念」からはむろんのこと、「中年の覚醒」からも離れた。五十代になって深く呼吸しているのは「静かで甘い夢」。人生後半ゆえのロマンティシズム。だから詩が新鮮に向こうからやってくる。もうそろそろ自分の本質に添って生きてもいいだろう。

16 シスコで出会った自分の「影」

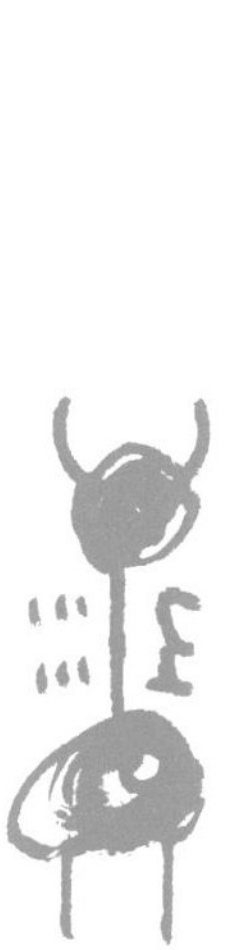

サンフランシスコで、白人女性のアクセサリー・デザイナーの家に案内されて驚いた。住居全体がすてきなショールームになっていたのだ。彼女はエスニック・デザインや民族芸術が大好きで、一時はインディアン男性に恋をして中西部の町に住みついたほど。

部屋にはもちろん電気製品や現代的な家具があったが、それを実にみごとに小物でアレンジしたり、さりげなく民俗調の布で覆ってあった。キッチンや洗面所、お風呂やトイレ、ともかく家のすみずみまで彼女の感性が美となってあふれていた。しかしそれらをゆっくりと眺めていくうちに、あまりの完璧さに私は少々、息苦しくなった。

多分、私がこの世界にあるものを一センチ動かしても、彼女はすぐさま察知するに違いない。完璧に仕上げられたインテリアは他者の感性の介入を許容しない。

実際、彼女はシングルの人生を送っていた。子供や夫という、彼女の「美」を乱す他者がいない。私は見てはいけないものを見た気がした。私も彼女に似た耽美的な気質が濃いことを知っているからだ。

私は絵描きであるだけではなく、長い間グラフィック・デザインの仕事もしていたので、つい全体をレイアウトしてしまう。それゆえ生活の場を機能的であるよりも美的に眺めてしまう。

ただ私はそれを恥じている。自分の美意識に没入して生きていくことは、他者との折り合いがつかないことだと知っている。

それゆえ「無造作であること」や「雑然としたラフさ」といった「ゆるい」ことの中に「生きた美」や「暮らしのぬくもり」「生きることの自然さ」を感じるようにしている。

実際、家族とともに生きていれば、自分だけの美意識にそった美しい暮らしなどできないし、する必要もない。なによりも暮らしの場は風景画ではないのだ。彼女の家で見たもの、それは私の「影」だったのである。

17　珊瑚色のショール

近所のギャラリーでおこなわれた「裂き織り」の展覧会を見に行った。品のよい老婦人が作者で、のびのびとした作品が並んでいた。私が行ったとき会場には誰もいなくて、婦人は一冊の本を眺めておられた。ふと見ると、星野道夫の写真集だった。

つい、「お好きなんですか?」と声をかけた。すると、「さっきもこの本の話になったばかり」との返事。なんだかうれしくなった。

このごろ、女性だからとか、似た世代だからとかいうことで価値を共有できることが少ない。どういう世界が好きかということであれば、世代も性別も超えることができる。

星野道夫という写真家は、二十世紀の後半を生きながら、「大いなる自然への態度」や「人の一生というものの認識」「聖なるものへの敬愛」といった価値を、透明で美しい写真と不思議な落ち着きのある深い言葉で残した人だ。

私は彼がカムチャッカで熊に襲われるという不慮の事故で他界してから、彼の最後の本であった『森と氷河と鯨』(世界文化社)の書評の仕事を依頼され、その一冊で彼の世界に引き込まれ、ついには彼が何度も行ったという南東アラスカに近いクィーン・シャーロット島まで旅をした。短い時間だったので、その織りの婦人にはそこまでは話さなかったが、なんとなく婦人の魂にそっと出会ったような気がした。

ふと見ると会場には、穏やかな珊瑚色が印象的な一枚の柔らかいショールが控えめに置いてあった。尋ねると二枚だけ、タピスリー以外に夏用のショールとして絹と麻で織り上げたという。もう一枚は砂浜の色のようだったというが、すでに売れていた。

これまであまり身につけたことのない色だったし、鏡がなかったので顔に合わせてみることはできなかったが、ほしくなって買い求めた。家に帰って、肩に羽織ってみると不思議に似合った。心の中をクィーン・シャーロット島の想い出が通り過ぎた。

18　遊びながらうきうきと

宗教家は「魂を浄化すること」の必要性を説く。魂が不浄になって濁ったり曇ったりすると、心が歪み、やがて体が病むという。しかしどうすれば魂が浄化できるのか？

「それは遊ぶことや。プレイ・セラピーや」

セラピストやカウンセラーの人たちと一緒に勉強会をしていたとき、私の敬愛する精神科医の加藤清先生は、「そんなこともわからへんのか、あんたたちは」とでも言いた

moon

げな表情でそうお答えになった。

「遊びは魂を生き生きとさせる」、この言葉は私の魂に刻み込まれた。そういえばこれまで私は、友人と別れるとき、ふと「また遊ぼうね！」と言ってサヨナラすることがある。ちょっと小学生みたいだなと思うのだけど、楽しい時間を過ごしたら、そういう言葉が出てくる。

五十代も半分過ぎたいま、これからはできるかぎり遊ぼうと思うようになった。これまでは真面目、地道、勤勉、努力（なんとカタイ言葉だろう）で己を律してきたけれど、これからは楽しく遊びながらうきうきと残りの人生を味わおう。

そんなふうに思うようになって、先日、近所の人たちと雑木林の中で「夏のいろいろバザール」を遊んだ。元ペンションでは千円のベッドやテレビ、おいしい燻製やパンが並ぶ。不動産屋さんではせっせと植えつけた新ジャガイモや子供服のリサイクル。キルターの女性の家では婦人服のリサイクル。我が家では長年楽しんだエスニック雑貨や古本、ＣＤなど。

それぞれの家で思い思いのものを並べて、売ったり買ったりして笑った。誰かが買ってきたものを一緒に食べ、何度もお茶を飲んでおしゃべりした。ただそれだけの他愛もないことだけど、リラックスした時間が過ぎ、気の流れがよくなった。

きっと神様も「遊ぶこと」に賛成であったのか、バザールの間は曇ってはいても雨は降らなかった。

19　波打ち際を歩きながら

ハワイでは、波打ち際には魔物が棲むという。そこは山側と海側という二つの異質な世界が交わる場所。人が溺れて死ぬのは、多くの場合、波打ち際だというのだ。

これまで私は、波打ち際は自分を見つめるのにふさわしい瞑想的な場所だと思っていた。私の卵巣がまだ月の満ち欠けとともに生きていて、内側から「いのち」の熱が吹き上げていたころには、「わたし」は砂浜や海、水平線という静かな場所で粗熱をとる必要があった。

しかし私の月はゆっくりと満ち欠けをやめた。私の中には凪のような時間がおとずれ、その静けさにとまどうようになった。それゆえだろう、このごろ、自分の中の波打ち際が怖いときがある。

とりわけ過去を眺めるときには、なぜか「満たされることのなかった」ことをあれこれと悔やむ。何かを得るためにきっぱりと捨て去ったものはたくさんある。一人の人生という道は細く、しかも限界つきだ。それなのにいまさら何を悔やむのか。

そういえば長い間、得ることについては心をめぐらせてきたが、得られないことについてはまるごと箱に入れてどこかに捨ててきた。それが人生なんだからいいじゃないのと潔かった。それがこのていたらく。自分の中の女々しさ、気弱さ、惨めさ、欲深さという心理学のいう「影」に出くわした。

「一人になると、泣いていたんだよ」

女友達からそう打ち明けられたことがある。三度も結婚した強い女である彼女も、自分の影を見つめていたのだ。この影をしっかり見つめて、もう一度、自分の人生を考えるとき、新しいアイデンティティを摑むことができる。

更年期という海岸線を歩きながら、もしかすると誰もがひっそりとそんな波打ち際を歩いているのかもしれない。自分の中の予期せぬ魔物に苦笑しながら、眠れぬ夜の向こうに白い過去を眺めている。

20　和紙との出会い

仕事で丹後の天の橋立に行ったとき、小さな和紙の博物館で、和紙作りの工程を伝えるビデオを見た。

和紙の産地だったが、いまではわずか二軒だけが「手漉き和紙」を作っているという。寒い北風に吹かれながら煩瑣な手仕事を重ねて、何度も何度もこまやかな作業をおこなったあげく作られる和紙。こんなにも丁寧に作られている和紙なのに、私はこれまでそれにふさわしい扱いをしなかったと反省した。

また、ビデオの中に登場する職人さんの表情のよいこと。淡々と和紙を漉いている。無欲で謙虚で忍耐強い人柄があった。

その職人さんの工房が博物館の隣にあって、小さな場所に和紙が並べられていた。そしてひょっこりと顔をのぞかせたのはビデオに登場した職人さんその人。ビデオよりもお年を召しておられたが、感じのよさは変わらない。和紙に感動した私は、「和紙のコラージュ」を作りたくなってあれこれと買う。

店の片隅に何枚かの短冊があったが、その中の一枚に惹きつけられた。

「神と紙と」

そこにはただそれだけが書かれていた。元伊勢神社という古い神社のある土地。古代の神々の降臨されたゆかしき風土にふさわしい言葉であった。

「神と紙」、どちらも「カミ」だ。かつては紙はカミ（神）のように大切に扱われたのだろう。短冊を書いた人のことは知らないが、何か深く腑に落ちる気持ちのよい言葉だった。

伊豆半島に帰ってから、さっそく和紙を素材としたコラージュを作り始める。できるだけ無心に切って貼って、何度も納得のいくまで重ねて貼り込む。和紙は何枚重ねても不思議に調和していく。そして人の手によって揉みほぐされ、水にさらされ陽射しに照らされて漉かれた紙ならではの不思議な落ち着きを醸し出す。たった一本のビデオが、新しい「気」をもたらしてくれたのである。

21　ほろ酔いという至福

少しお酒を飲む。おいしい「あおりいかのお刺し身」や「茹でたげそを生姜醤油」で食べたりして。「少し」、この少しという量が、問題だ。

ほんの適度な「少し」のおかげで、「現実」から離陸することができる。現実というさまざまな約束事で充満した場所から、不意に遠ざかっていくことができる。そんな自分の生きている現実の「たわいなさ」「とりとめのなさ」「せちがらさ」から漂い出る。その離陸の自由さ、のびやかさ、はかなさ。

陶酔境とはまさにみごとな言葉だ。陶酔しているときには、現実というものはガリバーにとっての小人のようだ。鯨にとっての小魚のようだ。大空にとっての雲のはしきれのようだ。現実はまことに小さく、頼りないものになってしまう。だからこそ人は酒を作り、酒を飲んできた。

モラルもルールも倫理も道徳も、この「少し」の威力で相対化される。「なべてよし」この世にあるだけで「すべてよし」。なんだか人生の奥義を極めてしまったような錯覚を与えられる。もしかすると発酵・醸造の技はわれわれの「脳の未使用の領域」を一時的に目覚めさせるのだろうか？

だが、すべてはほんの一瞬の陶酔境だ。その一瞬は悲しくもあっという間に過ぎ去る。「終の悟り」に似た感興はあえなくも過ぎゆき、そのあとには重い酔いの波が押し寄せてくる。この世の重量にふたたび気づかされる。

ニューメキシコの荒野で飲むテキーラの酒、「マルガリータ」、大阪のコリア・タウンで飲む「マッコリ」、夏の夕暮れに飲むビール、イタリアン・レストランで飲むワイン、そして我が家で飲む「焼酎のお湯割り」。

四十代を人生の半ばとするなら、いまや後半の人生の午後の始まり。そのせいだろうか、一瞬の陶酔境のさなかに人生論など戦わしたくもない。あえなくも過ぎ去る一瞬を、深く深く味わうだけで満たされていく。

22　ロマンティシズムという扉

ロマンティシズムというものは、不思議な力だ。現実をリアルに計算高く生きるためには、さして意味はない。だが現実の不具合を超え、晴れやかに迂回路を見つけ出していこうとするときには、まるで魔法だ。

しかし教養や知識だけではロマンティシズムにはならない。誠実さや正直さ、正確さや的確さだけでも、ロマンティシズムにはならない。だがロマンティシズムがあれば、貧相にしか育たなかった野菜にも、さして上等でない猫にも、街灯に雨が降ってくる風景にも、そこにあるもの以上の素晴らしさを見つけることができる。

目には見えない色の織物を感じ、耳には聞こえない音楽に魂をあずけることができる。だから心の中にロマンティシズムを豊かにはぐくんでいる人は、そうでない人よりも雰囲気がある。オーラに魅力がある。

イタリアの女性作家、スザンナ・タマーロの『トビアと天使』（あすなろ書房）の「おじいちゃん」は孫娘のトビアに言う。

「人はどうして、うんざりしてしまうのか、わかるかい？」

Sou
ear

「ううん、わかんない」

「扉が見えないからなんだ」

「どの扉？」

「どこにでもあるけど、でもかくれた扉さ」

「どこにでもって、どこ？」

「わたしたちのまわり……家の中や景色の中、バスの停留所、それに人々のお腹の中だよ。その扉を開けることができたら、悲しいことはなくなるだろうね」

私が孫娘に言うならば「お腹の中」ではなく、「胸の中」と言うだろう。腸よりも心臓の近くに「扉」があると。そのほうが少しすてきだ。だが大切なのは扉の場所ではない。そういうふうに伝えてくれる人や物語に出会うことだ。扉を知らないまま生きるとき、この世はさほどよい場所ではない。そんな気がする。

23 自分を与えること

ご主人が外資系企業で仕事をされていて、アメリカでの生活が長かった人が、リタイア後の住居を新築。新しい家に新しい家具というのはどこでもわくわくするものがある

が、そこの家でいい感じだなと思ったのは、奥さんの個室というか「一人の部屋」が当たり前のように作ってあったこと。もちろんご主人の部屋もある。

女が「自分の部屋」を持たないかぎり自立はできない、というようなことを言った女流作家がいた。ウサギ小屋では夢のような話だと思ったが、自分の部屋は無理だとしても自分のコーナー、自分の居場所くらいはなんとかなるだろう。

「女はいつも自分をこぼしている。子ども、男、また社会を養うものとして、女の本能の凡てが女に、自分を与えることを強いる」というのは『海からの贈物』のリンドバーグ夫人の名言だ。夫人の素晴らしさはそういう「自分を与える」ことができるところに女の豊饒さを見ていることで、未熟なフェミニストのようにそれを抑圧的状況とは見てはいない。だからこそ女は時に「一人になること」が必要だと説いたのである。

「夫の部屋のほうがど〜んと海が見えるの」

新築した女性が笑いながら言う。それは企業戦士として闘ってきたご主人への「贈物」なのだろう。そういうふうにその女性も「自分をこぼして」いる。

また、長く海外に単身赴任していた夫が帰ってきたという女性は「新しいミシン」を買ったという。そういえば家を新築した女性もミシンを新しくしたと言っていた。彼女たちの心の中で新しい暮らしへのエネルギーのようなものがわきたっている。

「こんなに重くないわよ、最近のは」

私のミシンを持ってみた女性が言った。
「もっと軽くて、糸を通すのも楽で」
私も真似して新しいミシンがほしくなっている。

24 サウダージという感情

いつからかラテン音楽を好きになった。最初はジャマイカのレゲエあたりから入ったが、それと同時にアフリカ音楽にもノリを感じるようになって、気がついたらそういったもののミックス状態が心地よく感じられるようになって、いまではサルサやサンバといったブラジル音楽が必需品になっている。

先日、ブラジル男性と結婚して二人の息子をもうけ、九年間ブラジルで暮らしていたという女性と会い、ブラジルの「魂」についていろいろな話を聞くことができた。彼女の言葉で一番印象的だったのは、「ブラジルでは私は理性的に生きていなかったように思う。もっと感情的に生きていた」というものだった。

この「感情的」という言葉を日本的に理解してはいけない。「豊かな情感の中で」と理解しなければならないという。それを聞いて私は「サウダージ（想いだす）」というブラジルの独特な感情の深さを理解できた。

わかりやすく言うと、恋が成就するというのは当然の悦びだが、深く恋をして失恋しても、その失恋の中にある哀しみや悲痛さをも「サウダージ」という感情は「甘く包み込む」ので、ブラジル人は「恋をしなかったよりもよい」と受け止める。そういったことから言うと、イギリス人のような気質をブラジルでは「感情の便秘」と呼ぶのだという。もしかすると欧米のロックの中にある攻撃性はこの「感情の便秘」に関係しているのかもしれない。

ブラジルの内面性についてはもっともっと面白いことをたくさん聞いたのだが、紙面がないので単純に言うと、「ラテン気質」と「アングロサクソン気質」の決定的な違いを彼女の言葉で確認することができた。ラテンには「この人生を肯定する」ソウル・パワーがある。ラテンというのは、スペイン、ポルトガル、イタリアそして旧スペイン・ポルトガルの植民地。考えてみれば私の好きな文化圏だ。あらたに自己認識できた日だった。

25　人生という時間

桜と温泉を求めて、同世代の三人の女性たちが伊豆に遊びに来た。夕食をともにし、そのあと私が紹介したちょっと素敵なＢ＆Ｂホテルで春の夜更けまでおしゃべり。以前からの友人というわけではないが、世代が同じということもあってか、話はけっこう深く進んでいった。

私をふくめて四人の現在はまるで違う。三年前に二十歳年上の夫を見送って息子二人と生きている人。二十代の終わりに結婚し、出産と同時に離婚して一人息子を育て、母を看取ったばかりの人。三人の娘を育てているが年下の夫の依存性の強さに悩んでいる人。そして九歳年上の夫と二人暮らしの私。

最初は最近見た映画についてあれこれ。たまたま三人が『めぐりあう時間たち』を見ていたし、映画のテーマがヴァージニア・ウルフの書いた『ダロウェイ夫人』をめぐって三世代の女性たちの生き方をめぐる苦悩に焦点があたっていたこともあって、話がはずんだ。

だが、意見が別れたのは、私たちの母世代が生きた嫁姑の関係、「家」における女性の問題、家父長制度の下でのルサンチマンを抱いて生きた母たちについて話していたとき。人は五十年という時間がありながらどうして同じ恨みつらみを反復しつづけるのか？という私の問いに、ある女性が答えた。

「五十年なんて短い時間かもしれないわよ」

たしかに母たちにとっての「家」はある種のタコ壺に似ている。男女共同参画とか男女雇用機会均等とかいった言葉なんかどこにもなかった。

しかしでは、四人ともそれぞれ結婚生活において痛みや幻滅を生きた私たちの世代ではどうだろうか？ルサンチマンを抱いたまま死ぬだろうか？するとお互いを見つめ合いながらなんとなく同時に答えた。

「私たちはそうはならないと思うわ」

母たちの世代という犠牲の上で、私たちは強くなったのかもしれない。

26　遠い日の読書

私に本を読むことを教えたのは、亡き父である。小学校になって両親は離婚し、父は私を引き取って祖父母にあずけ、毎週、広島の図書館から本を借りて帰った。昭和三十年代の初めだから、まだあちこちに図書館が整備されていたわけではない。

父が借りてきてくれたのは、毎週二冊。世界少年少女文学全集と、偉人伝だ。文学全集のほうはすんなり読めたが、偉人伝のほうはなんだかハードだった。しかし読まないと叱られるので、しかたなく読んだ。そういう読書が小学生の間ずっと続いた。中学校に入ってからは、もう父は何も言わなくなった。何を読むかは私の自由になった。

五十代になって、そういう過去を振り返ったとき、自分の人生の核を形成したものは実のところ、少年少女文学全集と偉人伝だったのではないかと気づき驚いた。

少年少女文学というのはいまでも好きだ。私の中にあのころと変わらない魂があって、それは年をとらないままだ。だが偉人伝については、アンビバレンツな感情がある。感動と反発が同時にある。

偉人伝、とりわけ子供向けの偉人物語というのは、その人物の抱いた理想の高さ、志の崇高さといった美点を強調し、そういった人生に襲いかかってきた苦難に立ち向かう努力が描かれる。

人生の開拓期にはそういう人生観でもよかった。実際、わが人生にもおしよせて来た「苦」や「難儀」を乗り切るには、偉人的な忍耐強さは参考になった。しかし、人生の「峠」を越えたこのごろ、私は偉人の真似よりも凡人のシアワセを好むようになった。

文学性と偉人性は時に相反するものなのに、文学青年だった父はなぜ偉人伝を読ませ

PaPa

たのだろう。二十代という青春のすべてを戦争の中で生きた世代として、新しい時代を生きる娘に、何らかのかたちで「理想という夢」を伝えたかったのだろうか？

27 ギャラリーという場所

毎年、五月は伊豆高原アートフェスティバルで始まり、毎日毎日、多くのお客さまと接して過ぎていく。今年は十二年目ということもあってか、沢山の方々がおいでになる。絵描きとしてはギャラリーにいるのはあまり好きではない。一人でアトリエで制作しているのが好きな絵描きにとっては、接客というのは得意な仕事ではないからだ。だが、長年五月という一カ月はわが家のギャラリーにいる。すると少しずつ、微妙なことがわかるようになった。

ギャラリーという場所は、ある意味で鏡のような場所だ。そこに来る人の人柄を不思議にも裸にして映し出す。傲慢さ、卑屈さ、嫉み深さ、陰険さといった暗いものはもちろん、自我の強さや権勢欲、高慢さという業の深いものや俗物性や虚栄、見栄など人間が抱え込んでいるあまり見たくないものがあぶり出されてくる。多分、それはそこにアートという無為の世界があるから、そういった無為でないものが浮き出てくるのだろう。

と同時に、素直な純情さ、清廉な心、少年の無垢さや少女の夢見心地、成熟した魂の落ち着きや感受する深い力という美しい人間性や魂の踊るような楽しさを発露する人たちも多い。目の前の無為の世界に触発されて、自分を縛っているものから解き放たれるのだろう。アートは魂を自由にするのである。

ギャラリーに「暗いもの」を置いて去る人、「明るいもの」を残して去る人。接客していると、そういう人々の心の波動がわかるようになった。

「暗い」人がやってくると、このごろはさっと胸のチャクラを閉じる。そうでないと、その人が持ち込んでくる「闇」にやられてひどく疲れるからだ。しかし「明るい」人がやってくると、ひとりでに胸のチャクラが開き、その人がもたらしてくれる「光」を浴びる。

そんなときには、アイヌのシャーマンが「愛のない人は暗い」といった言葉を思い出す。

28
力を抜いて無為を楽しむ

近所の仲間と「中高年バンド」を始めた。写真屋さん、ラーメン屋さん、大学教授が男性で、アロママッサージをしている女性と私の五人。ことのおこりは春にお花見をしているとき、「ブルース・バンドやらない？」と写真屋さんが言い出したこと。そのときの気分で「やろう！」となって、楽器ができないからボーカルということにあいなった。

結果はアロママッサージの女性がドラム。ジャズを歌う人だからリズムもきまっているし、かっこいい。ギターは写真屋さんとラーメン屋さんで、大学教授がベース。ラーメン屋さんはほかでもバンドをやっている人だし、写真屋さんもいい味を出している。教授は指に血豆をつくって練習している。

曲は二十世紀ブルース映画の傑作『ブルース・ブラザース』の中の「SWEET HOME CHICAGO」。懐かしいシカゴに帰ろうぜ、と歌っているノリが勝負の歌。

もちろん私はシロウトで、私以外の人たちが使う音楽用語は外国語みたいだし、ノリも悪い。仕事のあいまに練習しているのだが、まだ全員が揃ったことがないし、練習場所にも苦労している。

私はただ「遊ぶ」ために参加した。どうあがいたって才能はないし、下手だし、恥知らずとしか言えないが、バンドのみんなに呆れられたら、やめちゃうつもりだから気楽なものだ。

このごろ、人生をいかに遊ぶかばかり考える。「いかに生きるか」ではなく、「いかに楽しむか」だ。何のためでもない。ただそのことを楽しむ。もちろん、少しは上達しようと思って、アトリエでCDを流しながら練習している。

でも若いころのように必死で努力したりしたくはない。力を抜いて頑張るだけ。そうでないと楽しくない。一緒に何かをやるという遊び心だけで充分に楽しい。もしかするとこのゆるい無為な感じが「第二の人生」の始まりかもしれないと、ふと思う。

29　お見舞い紀州の旅

友人の病気見舞いに紀州の本宮まで行ってきた。彼は大阪の藤井寺で農業を営んでいたが、都市近郊農家の例に洩れず、どんどん農地が宅地化し町が都市化していくのが面白くなくなったので、子供たちが成長したのを機に紀州で耕作しはじめていた。

私は紀州に足を踏み入れたのは初めて。三重の伊勢や奈良の天川までは行ったことがあるが、大阪から海岸沿いに紀州水道を眺めながら電車に揺られ、あの南方熊楠のゆかりの地である田辺まで行き、そこからクルマで本宮まで向かう。

この海岸線からのコースのため、世界遺産になった熊野古道の神秘性を存分にたどるわけではなかったが、それでもクルマの両側に見える山々の森の深さはわが伊豆半島の比ではない。かぎりなく奥が深く、緑が濃い。熊楠の「粘菌」はこの奥の深い森の中に潜んでいるのだろう。

しかし熊野川には「いと、かなしき」ものがあった。とうとうたる熊野川と言いたいが、残念ながら上流のダムのため、大井川と同じような惨憺たる水量。これが川幅一杯の水の流れであったらどんなにか清々しいだろう。

大きな病気をした人がそうであるように、友人は以前よりもはかなかったが、畑の新鮮な野菜で大歓迎してくれた。私たちはどんぶりに山盛りの茹でた枝豆を存分に食べ、赤いトマトをかじった。それだけでもう充分に満足した。

誰でも固有の宿命を生きている。出会いや別れ、発見や挫折、獲得や喪失といった波に揺られて生から死への道をたどっている。病気というのは、その道の中の道標のようだ。その道標の前で、これからどのように生きていくべきかを考える。すると元気なときには見えないものが病気によってあぶり出されてくる。その影を眺めながら、病んだ体との新しい付き合い方を探さねばならない。そんな友人を励まして帰ってきた。

30 『はるかな碧い海』について

アテネ・オリンピックを見ていると、才能というのは「前世」から先天的に持ってきたものであり、子供たちの「魂」が親を選んだのだというスピリチュアルな言い方がよくわかる。「この世」はそういう霊的な神秘に満ちているのだ。

だがこれまで私たちの文化は基本的に唯物論とそれにもとづく科学によってできていて、目には見えない霊的な世界については、表向きは語られない。

四十歳になったころから、私は自分でもなぜかわからないままに、霊的な世界に引きつけられるようになった。もちろん私の中には現代合理主義者ならではの懐疑的な部分と、根源的に素直な部分とが同居していて、二重人格のようだった。

最初は霊性までも視野におさめているホリスティック医学への関心から始まり、アイヌのシャーマンや前世が見える人、不思議な霊的治療で癒してもらった人、オーラが見える禰宜さんや霊能者などに出会ったりしていくうちに、ある納得へと導かれていった。

それは、私たちの生は輪廻転生の中にあり、今生に固有の「カルマ」（人生の課題）

があることを自覚することによって人生を霊的にのびやかに生きることができるようになるということだ。今回まとめた『はるかな碧い海』（春秋社）は、四十代から十二、三年にわたる霊的な旅のレポートである。

もちろん、私の旅はそれで終わったわけではない。本を書き上げてからは新しい「覚醒」が始まっていて、アロマセラピー、オーラ・ソーマ、そしてカバラ数秘術へと私は導かれている。そのカバラ数秘による私の「誕生数」が「霊界と現界を結ぶ魔術師」を意味すると知って驚いた。とすれば、この本を私が書いたのも「カルマ」だったのだ。

もう一冊、『田舎の猫とおいしい時間』（清流出版）も同時に出た。こちらは楽しい田舎暮らしのあれこれ。笑って読んでいただきたい本である。

31　人は孤独の中で

少し前、『海辺の1年　もう一度、愛しあうために』（ジョーン・アンダーソン著、小沢瑞穂訳、光文社）を読んだ。二人の息子が巣立っていったあとの、夫との冷えた関係を見つめ直すために一年間別居し、海辺で過ごした女性作家のエッセイだ。「訳者あとがき」によれば、「二組に一組が離婚するといわれるアメリカで、本書の夫婦は離婚を選

Beach

ばずに再生の道を模索する方法を選んだ。こういう選択肢もあることを著者みずから実験してみせたのだ」とある。

子供時代に家族で過ごしたニュー・イングランドのケープ・コッド。その海辺の古い別荘で、彼女は過ぎてきた人生を煩悶する。アザラシに会い、荒々しい漁師に会い、そして一人の謎めいた老女に会う。老女はくしくも「アイデンティティの危機」という言葉を生みだした有名な精神分析家エリク・エリクソンの未亡人ジョーン・エリクソン。

二人のジョーンはシンクロニシティのように出会った。母としての役割が終わり、妻としての役割にひびが入っていた時期とはまさに「アイデンティティの危機」であった。老ジョーンは、シニアのジョーンに言う。「人は孤独の中で成長し、幻滅を感じた後でしか真実を見出せないものなのよ」

たしかに、そうだ、と私の中の「シニアのジョーン」が呟く。人生の季節の変わり目には、結婚や家族の役割の内部で懸命に生きていた時期には考えもしなかったことに苛立ち、新しい悩みに出くわす。人生で生きることのできなかったことを嘆き、人生の灰色の午後を見つめては悔いている自分がいる。私の内部にもアイデンティティの成長期に出くわす静かなハリケーンが吹いているのだ。

しかし、にもかかわらず私はなんて幸福なのだろうと思う。ジョーンのように別居しなくても、すぐそばに海はあり、山はある。孤独になれる自分だけのアトリエもある。

ひそかにこの運命と自然に感謝している。

32 猫のいない新しい日々

一匹の猫が十月の終わりに、ひっそりと旅立った。ひとなつこくて気持ちの通じるデブの雄猫だったが、不意に食欲をなくし、日々痩せていき、最後は四肢マヒ状態になった。それでも家の中の死に場所をめざして這っていき、小さな仏壇を乗せてある机の下で、眠るように逝った。仏滅の日の朝だった。

　翌日はなんと大安の満月。そんなにメデタイことが重なった日、猫を裏庭に埋葬した。最後の土をかけてから、放置してあった腐りかけた椎茸のホダ木を見ると、きれいな椎茸が出ている。それを採っている間は、猫の死を忘れていた。

　その日から、家の中が妙に広くなった。あちこちに空白ができて、心の底を虚しい風が吹いていく。一匹の猫が死んだのではなく、「一人の猫」が失われたことに気づく。その猫は私の心の言葉にはならない場所でのんびりと寝そべり、ひなが青空を流れる雲を見ていたのだ。

　伊豆で暮らすようになって十六年、三匹の猫を見送った。亡骸はいつも氷のように冷たく、抱きしめても切なさだけが返ってくる。息もたえだえに横たわっていたときはあんなにも暖かったのに、「いのち」がふっとこの世を離れるともうそれはひとつの物体。その冷えた物体を抱きながら、その猫とともに流れた私自身の過ぎ去った時間を想う。

猫の死んだ翌日、カナダのバンクーバーへの「安い旅行」を見つけた。ふと、北の晩秋を旅したくなった。一度だけバンクーバーへ行ったことがあるが、静謐な都市のたたずまいが心地よかった。

だが、多分、そこへは行かない。大切なものが失われたいま、思い出の染みついたこの家にいたくないだけなのだ。空港の喧騒、ジェット機の騒音、上空の気配。心の中で旅のプロセスを想像し、ひそやかな逃避にふける。そして自分に言い聞かせる。愛する猫のいない新しい日々が始まったのだ、と。

33 自分の中の子供

ホームセンターでクリスマスの飾りを並べてあるコーナーの前を通ったら、小さな電飾のトナカイが目に飛び込んできた。一筆書きのようにチューブを曲げてトナカイのかたちにしてあり、その中で電気が光っている。隣りにソリを引いたトナカイもあったが、

シンプルなかたちに惹かれて、トナカイだけのものを買ってきた。

それを玄関先の郵便受けの上に置き、電気をつけたら、夜の風景が一瞬でファンタジックになった。その場所はこの秋に亡くなったデブ猫がよく坐っていたところだったが、猫のかわりにトナカイになった。

去年は同じコーナーでスノーマンを買った。その前を通ったら小さな男の子が真剣に棚の上を見上げているのが目に入った。何を眺めているのだろうと視線を追ってみたら、そこに五〇センチくらいのプラスティックの雪だるま人形があった。そしてそれを見たとたん、私自身がそれを欲しくなってしまったのだ。

そのスノーマンをリビングの片隅に置いて、夜になると電気をつけると、これまでに旅をした北の国々のことを思い出した。旅をしたのは白夜の夏だったが、フィンランドはいまごろ雪だろう。また写真家の星野道夫の本に魅せられて彼のいたアラスカの近くにも行った。小さな飛行機に乗って上空から眺めたロッキー山脈の頂上の根雪。この旅も夏だったが、いまは見渡すかぎり白い世界だろうか。

そして北海道で暮らしている女友達。彼女からは毎年、こちらがまだ秋のさなかにいるのに、「初雪」を知らせる手紙が来る。その白い静けさには心が鎮まる。それなのに「寒い季節はいやだ」と言い訳をして、まだ一度も雪の北海道には行っていない。

ところで人が夢見ることや無邪気さを失うのは、「自分の中の子供」を忘れていくからだ。夜の中で光っているトナカイやスノーマンを眺めていると、また遠いどこかへ旅をしたくなってくる。

34 魔女修行の楽しい道

絵本やファンタジーでは欠かせないキャラクターである「魔女」が、このごろ以前より身近に感じられる。本屋に行っても、絵本コーナーで魔女ものをつい手に取ってしまう。しかしなかなか満足のいく魔女には出会わないが、それでも魔女はすてきな存在だ。魔女というのは実は女性の知恵、女性の魔力、女性の神秘性を持っており、自然の奥にある原理を知っている女性である。だが、すべての女性が魔女ではない。かつてボーボワールは、人は女性として生まれるのではなく、「女性になるのだ」と「第二の性」を説いたが、魔女の場合、「生来の魔女」というのもいる。だが大半の魔女は、魔女になるための修行をして、「魔女になる」。しかし魔女は「第二の性」ではなく、むしろ「いのち」にとっては魔女こそが「第一の性」ではないかという仮説を、私は楽しみはじめている。

薬草を煎じたり、ヒキガエルを鍋で煮て怪しい薬を作るのは民間医療の比喩だし、花びらを水に浮かべてそれを使うのはフラワーエッセンス系の技だろう。ホウキに乗って空を飛んだのは変成意識による幽体離脱かもしれない。満月の夜に開いたエロティックなサバトは、ヨーロッパ版「歌垣」かもしれない。

しかし魔女はなにも西洋だけにいるものでもない。インディアンの魔女も日本の魔女もいる。

女性がいるところには必ず魔女はいる。

だが、にもかかわらず、魔女はどこか敬遠されてもいる。なんと一九四四年においても英国で最後の魔女裁判がおこなわれたというくらい、魔女＝悪女という魔女狩りによって歪められた記憶が残っているからだろうか。

以前にあるところで「更年期を迎えると、女は老女の道に進む人と魔女の道に進む人に分かれていく」と半分冗談で言ったら、「それじゃあ私は魔女になる！」と答えた女性がいた。以来、彼女と親しくなった。魔女の道はいろいろと勉強しなければならないことが多いが、不思議に楽しいものである。

35 美しく人生に「返した」人

東京に出たとき、ウィーン生まれで今は亡き女優ロミー・シュナイダーの写真集『ロミー　セ・ラ・ヴィー』に心惹かれて手に取った。ぱらぱらとページをめくっていくと、何か深い悲しみのようなものが写真集の奥から静かな波のように押し寄せてくる。

若いころアラン・ドロンに恋をしていた人だが、その恋は破局に終わったという。そのころの彼女はお行儀のよいお嬢さんという感じで、若くて自分の傷を持て余していた私にはいまひとつという女優さんだった。

だから映画を見たこともなく歳月が過ぎ、なんでも薬物を飲んで事故死したというニュースを見たのがおしまい。すっかり忘れていたのだが、その写真集を開いたときから、何かが私の心の闇の部分にすっと忍び込んできて、その洋書を買ってしまった。

驚いたのは、彼女は四十四歳で亡くなっていたこと。にもかかわらず、彼女の表情には濃密な人生の痛みが刻まれていて、私が惹かれたのはその痛みであったと気づく。

美しさにつきまとう哀しみの影。人生の中にある名付けられない領域を深く知ってしまった人。黒と灰色の中間、あるいは灰色と白の中間に微妙に息づく何かをひっそりと

デリケートに見つめている人。こんなにすてきな女優さんだったのか。

二度の離婚。夫の自殺、そして最愛の息子の事故死。四十四年の人生には充分すぎる哀しみがある。だが、その哀しみが彼女のエロスの深さとなって、多くの矛盾を微笑の中に呑み込んでいる。

私などが五十代の後半になって少しわかりはじめたこと、この人生には深く生きようとすれば繁茂してくるもつれた蔦のような哀しみがあることを、この人はもっと若いときに酷く知りながら毅然と耐え、その悲痛さに崩れるのではなく、痛みを美しく人生に「返して」いる。一九三八年生まれ。この人の「老い」を見たかった気もする。

36　変換する力

「母はいつも怒っているように見えた。私にすれば、母が怒っているのは私のせいだという気がした。私たちは二人とも心理的に疲れはて、私は愛されていないと思い、傷つき、怒りを爆発させ、それがさらに母を傷つけ、怒らせた」（『庭からの贈りもの』講談社）の中でジュディス・ハンデルスマンはそう記す。その母はパーキンソン病にかかり、その病をきっかけにして母は「自分を素直にあらわせないで」いる人であることを娘は

知り、二人は出会い直す。

母と娘。いま私の周りでは老いた母と老いはじめた娘が、複雑な痛みをはさみながら介護し介護されている。嫌悪や苛立ち、怒りが渦を巻き、どろどろとしながらやがて「哀しみ」は「憐れみ」に昇華されていき、解決しそうに見えながら、またもやどろどろが浮かび上がる。

多分、ここまできたら娘の力が重要だ。老いた母に力を期待するのは酷であり、それは不自然というものだ。娘たちが怒りや哀しみをペーソスに変え、もう一歩持ち上げてそれを笑いに変換する力。

そういうことを考えるとき、川柳の中にある軽みやユーモアは、世俗を生き抜くパワーだと感じる。たとえば川柳の大御所、時実新子さんの句。

「生んだ覚えのある子が敵になってゆく」

これは母の気持ち。そして娘はこうなる。「胸の中、蟹が一匹また一匹」

やがて互いに、

「味噌汁のどろりどろりと失意抱く」

「雪がふるわたしのような雪がふる」

「長い塀だな長い女の一生だな」

しかしその夜が満月だったりして、

「何だ何だと大きな月が昇りくる」

その月を見ていると母も娘も、

「れんげ菜の花この世の旅もあと少し」

となって秘かに納得する。

「ぎんなんをこぶしで割ればそれも愛」

37　水玉のスカートなのですよ

近所の仲間で遊んでいるバンドの一人、四十代後半の男性が仕事で沖縄に行った。夜はもっぱらライブハウスに通ったら、ガンガンに「オールディーズ」をやっていたという。六〇年代アメリカン・ポップス、ビートルズ以前のヤング感覚の音楽だが、ツイスト全盛時代の音楽だからダンサブルだ。

彼はオールディーズのCDを何枚も買い込んできた。ブルースバンドの練習のかたわらそれを聴いていたらなんだか楽しくなって、わしらもオールディーズをやるら（静岡あたりの方言です）ということになった。

「水玉のスカートでさ」

言い出しっぺの男性はちょっぴり照れているが、映画『アメリカン・グラフィティ』のあの甘酸っぱさは私にもわかる。そう、あの音楽が流れていたころには、まだ学生運動もデモも機動隊もなかった。問題は「あの子」のことばっかり。

その後、音楽に反戦とか平和という思想やイデオロギーが入ってきて、『花はどこに行った』とか『自衛隊に入ろう』となり、恋愛感情も複雑骨折。そしてそのあとは……いろいろあって、男女共同参画時代であります。

まあ、それはそれで必要なことではあるが、問題は「あの子」はどうなったのだろうということ。もちろんみんな老けちゃって、いまさらそんなことと言う人が多いけれど、音楽というのは不思議で、心の奥で仮死状態になっている「あの子」が蘇ってくる。

「実は、私、水玉のスカート持ってるの」

数年前の夏、東京のデパートにあったアメリカのリサイクル衣料コーナーで見つけたものだが、まだ一度も着ていない。ブルースバンドのときはカーペンター・パンツのほうがノルけれど、オールディーズの夜には水玉かな。

「五十代になったら楽器。やり残したことやってないと、いつ死ぬかわかんないもんね」これはバンマスの言葉。自称ジジ・ババたちはうなずきながら笑っている。

38　夜空から菜園へ

去年、それまで使っていた私のアトリエを手放し、代わりに母屋のすぐ隣の古い家をアトリエ兼倉庫兼ギャラリーに改造した。おかげでアトリエとギャラリーを分離することができたし、真夜中に車でアトリエから帰る必要がなくなり、どんな深夜でも気楽にアトリエに行けるようになった。

ただ、ひとつ「ある習慣」が希薄になった。以前のアトリエの場合、家の電気を消して、車に乗り込む前に、なぜかふと夜空を見上げることが多かった。絵を描いていたある種のトランス状態の時間から、日常へと下降していくはざまに眺める夜空は、不思議な静けさと形而上的な感覚を与えてくれた。星や月は宇宙の広大さを、夜空の闇は深々とした謎を黙って指し示してくれた。

その一瞬には、いつもは理解できない永劫という言葉の意味が不意に体の奥でわかったような気になったり、自分の「いのち」の時間の切なさが美しく感じられたり、すでにこの地球から立ち去った友人たちの思い出が鮮やかになったりした。もちろん車のエンジンがかかると、そういった想いはたちどころに消えていき、日常の暮らしへと私は帰っていくのであった。

日常というものは暖かいけれど狭量なものだ。慣れ親しんでいる視野の外に出ることはなかなかない。旅をしているような感じで自分の日常を眺めることはなかなかできない。「ある習慣」を失ってそれに気づいた。

しかしアトリエがすぐ隣になったことで、私の日常が変わりはじめた。以前のアトリエには私一人では手に余る畑があったが、それは落ち着いて耕すことのできない畑でもあった。いま私の新しい畑は「一坪菜園」しかないのだが、日常のすぐそばにある畑は「目が届く」ので、絵を描くあいまにささやかな畑仕事を楽しむことができるようになった。これからはベランダも菜園にするつもりだ。夜空から菜園へ、私の視線はぐっと低くなった。

39　冷えた白ワインの日々

人が大人として成長するのは、人生の危機をどうくぐり抜けるかによってだ。男も、女もそうだ。人生の危機のひとつが離婚。しかしこの離婚を上手に経験として通過できるのはなぜか女。男は離婚という生傷の周りをぐるぐると回って、意味もなく傷を深めていくことが多い。女の離婚は自立の凱歌、男の離婚は家庭経営の失格なのだろうか？ともあれこれまでの男たちを支えてきた父系制の結婚生活が、女性の自立によって崩れている。女たちは離婚も情事も、自立した力でゲットしはじめた。必要とすればマンション購入はおろか人工受精、個人墓も可能だ。

科学技術も経済の流れも、強い者、必要とされる方向へと流れていく。社会のモラルは後手後手に回って父系制社会の道徳を訴えているが、どこか隔靴搔痒の気がある。

そんな中で男たちはコンピュータ社会への転換、終身雇用の終わり、不況経済に疲弊し、あちこちの線路に身を投げて死んでいく。東京に行くたびに、「列車の遅れ」の意味するものに慣れてしまったほどだが、わが伊豆半島のローカル線路でも「自殺者がありましたので、電車が遅れています」という車内放送。

男たちの文化はさまざまな戦争を「闘う」ときには輝くけれど、日常を「生き抜く」には何かが弱いのだろうか。あるいは母や妻という「女」にバックアップされないと、生きる情動が希薄になるのだろうか？

そんなわけで、このごろ社会を眺めていると、何が何やらわからなくなってくる。時代の転換期というのは、どの立場から見るかによってものごとはまるで違ってくるからだ。

ただはっきりしていることは、現在五十代の私は決定的に古くもなく、さりとてさほど新しくもないということ。そのぶん、我が内面は混沌状態であるが、そういう混沌を

if
286
Bo

見つめ、倒れて人生から去った幾人もの男たちのことを想いながら、一人で冷えた白ワインを飲んでいる日々だ。

40 私の中の「子供」

ここ数年、というのは五十代になってからのことだが、「遠い日の幸福感」が不意に浮かび上がってくることがある。それは電車を待っている時間であったり、何気なく風景に目をやったときであったり。

あるとき、この感覚は何歳ごろの幸福感だろうと人生を振り返ってみたら、「小学校四年生ごろ」の気分だと気づいた。胸がまだ平らでドッジボールがかろうじてできたころに感じていたわくわくする気分が、五十歳を超えた私の中に浮かび上がってくるなんて、いい感じだ。

あのころ、実際の私は親に離婚されて、祖父母の家に預けられてと、あれこれとややこしいものがいっぱいあった。それなのにどうして幸福感があったのか？

以来、あれこれ考えて出た結論。ひとつはまず大家族のおかげ。祖父母や叔父、叔母、従兄弟、従姉妹とごちゃごちゃ暮らしているうちに、母親が消えた傷はどっかに消えた。

もしかして仲の悪い両親が陰湿に憎み合っている核家族で育つよりも、大家族のシャッフルの中で人間理解力は増えたような気がする。

そしてもうひとつは放課後のたっぷりとした時間のおかげ。学校から帰ると、ランドセルなんか放り出して、夕陽が沈み、コウモリがひゅるひゅると飛び交うまで道路や野山で遊びほうけていた。あのころはほんとに町にコウモリがいた。

木登りやチャンバラ、竹馬は男の子と一緒にやったし、石蹴りやゴム跳び、マリつきは女の子と一緒。遊んで遊びまくって夜が来た。もちろんときどきは、祖母に言われながら七輪に火をおこしたり、薪でお風呂を沸かしたり、買い物と、あれこれと家事の手伝い。そして幼い従姉妹の子守り。そんなふうにして、十歳の輝かしい日々は過ぎた。

しかしその幸福感は過去のものではない。私の中の「子供」は不思議に年をとらないままなのである。

41　新しい風に吹かれたい

人生は五十代からが面白いと、最近、秘かににんまりしている。五十代まではなんだかすべてが登り坂という感じで、そのぶんひたむきではあったが視野狭窄でもあった。だが五十代になると平原に出たというか、登り坂ではなくなった（まだ坂が続いていたら、これはうんざりである）。その結果、人生の地平線が見えるようになった。このまままっすぐに歩いて地平線までたどり着くと、その向こうに消えていく。その「道」が見えるような気がする。

ときどき、友人から「早めに退職しました」という連絡が来る。別の友人は「リタイア後の設計」に入っている。その一方で「最後の大仕事」に情熱とエネルギーを注ぎ込んでいる友人もいる。それぞれの人生が線香花火の最後を飾るように輝いている。思えばみんな意味深い一本の花火でありました。

ところで先日、東京で五十代以上の女性たちと、「恋」についておしゃべりした。子連れで離婚した人、未亡人、家庭内別居の人、単身赴任中の夫のある人。さまざまな傷や痛みをくぐりながら子育てや介護、看取りという人生の仕事を果たして屈折した襞を

抱え込んでいるが、それぞれすてきに自立している女性たちばかり。では、ここまでたどり着いた女にとって「いい恋」って何だろう？

誰も答えが見つからない。無理もない。これまでこの年になるとそろそろ「老女」と呼ばれて、老女と恋とは無関係とされてきたからだ。だが、そこにいた女性たちのみんな、それは嘘だと知っていた。みんな秘かに胸の乾きを抱えているからだ。

古い文化の皮袋はもはや時代遅れのバージョンのソフト。これからは新しい風に吹かれたい。タイ料理を食べながら、五十代以上の女たちは未来を見つめたのであります。

42　誰の心にも鬼がいる

このところ、『田辺聖子の今昔物語』（角川書店）にはまっている。私は大学時代国文科にいたのだが、あのころは「今は昔」で始まるこの世界に何の興味もなかった。そこに描かれている人間臭い恋愛沙汰や好色性が苦手で、それよりも『徒然草』の隠遁を求める精神のほうに心惹かれていた。

あれから三十数年、私なりに人間の裏表を見て、自分の中にもある業や煩悩の沙汰を自覚した最近、ふとした拍子にこの本に出会った。もちろん田辺聖子さんという人間通、関西人ならではの人間観による翻訳であるから、実に味わい深いものになっているのだが、その中でも「鬼とお后」「捨てられた妻」の二つの物語は何度読んでもせつない。

「鬼とお后」は「浮世を捨てて行い澄ます上人」が帝のお后への道ならぬ恋慕のあまりついに死んで鬼になり、その姿でお后と夜毎交わるという話。「捨てられた妻」は、妻の嫉妬で愛人を亡くした夫が世をはかなんで出家し、やがて徳の高いお坊さんになっていくという話。どちらも聖と俗を往還する話だ。

私がいま感動しているのは、この鬼の恋慕の強さ。恋して恋して鬼になっても思いを遂げるというそのエロスの激情。そうか、鬼というのは誰の心にも住むあれだったのか。一方、愛人の亡骸を「かきくどき泣いて接吻」したら、猛烈な屍臭に愕然として世を捨てた男が見た底なしの虚無。多くの人は日頃はそれを見ないようにしているが、それもまた誰の心にもあるものだ。

若いころは、鬼なんか嫌いだったし、出家なんか関係ないつもりだった。だがこのごろの私は自分の中に鬼がいることも知っているし、屍臭の向こうの虚無にもどこか馴染んでいる。しかも鬼も屍臭も縺れた多色の糸のように絡み合っている。しかし、この縺れはけっこう心地よい。もしかするとこういう心境は、老けてないと味わえない「色と空」の妖しい風景なのかもしれない。

43 花とともに老いる幸せ

ＮＨＫ土曜特集『喜びはつくりだすもの　ターシャ・テューダーの四季の庭』を見て、ふと思ったこと。これまではターシャが精魂をこめた庭にあふれる花々の美しさにうっとりしていたのであまり考えなかったことだが、このターシャという女性の人生を眺めていると、彼女の時代に生まれた女性としては理想的な自由と幸福を手に入れた人だと思う。

なにしろ彼女には早くから夫がいない。ということは従属する必要がなかったことだ。そのかわり四人の子供。この子供たちと一緒に、ターシャはファンタジックな暮らしや遊びをおおいに楽しみ、それを絵本のインスピレーションに描き出した。もちろん絵本作家として成功し、経済的自立をしていたから、そういう明るい母子家庭を営むことができたのだ。

もしかすると、若いころには恋人や愛人がいたかもしれないが、少なくとも彼女の自由を侵すような男ではなかったろう。そういう男であれば、彼女ははっきりと「ノー」を言って去ったであろう。そういう意志の強さはあの庭作りにも表れている。

幸福は、息子だ。母のイメージ通りの古びて見える家を忠実に作り上げ、しかもいつも暖かく母を見守り、サポートして生きている。もちろん、二人の間には「喜びをつくりだす」というクリエイターとしての同じ気持ちが通い合っているからだが、そういう息子がすぐそばにいるというのは、女としては幸福なことだ。

多くの女性たちはむろん、彼女の庭の楽園のような魅力に憧れて眺めているのだろうが、その一方でリタイア後の夫と毎日顔を突き合わせながら、ターシャの自由な生き方にも少なからず心惹かれているのかもしれない。

それにしても美しい庭であった。花々の間を歩きながらあっという間に花束を作り上げていくターシャの自然な手つき。花とともに老いるのはなんと幸せなことだろう。

44　土星期をどう生きるか

お正月開け、夫が「岸惠子のフランス案内の番組を見る」と言う。ほんのお付き合いのつもりで眺めたのだが、見ているうちに引き込まれた。一九三二年生まれということは七十四歳になっているのに、彼女のどこにも老女の影がない。以前、何かの雑誌で「私はもちろん死ぬけれど、老けない」というようなことを言っていたのを読んだこと

Sweet

がある。取材で会いにいった新聞記者の男友達が、彼女の若さに驚き、「あの人は化け物だ」と賛嘆して語ったこともあった。

もちろんこの時代だから、美容整形という手段はある。だがそれはしょせん外面の問題だ。岸惠子という人の若さはそれだけではない。彼女には、フランスしかもパリという異文化が濃密に溶け合った街を自在に横断して生きてきた内面の力があって、それが外面を支え、濃密な魅力に熟成している。

しかもその知性が女性的な甘さと共存している。甘さというのは、本質をさらけだささないということであり、未熟な知性が落ち入りがちな「白か黒か」という二元論に囚われない視野を生きていることだ。「毒も花もあるパリ」、番組の中で、彼女はそう言って妖艶に笑った。この言葉の奥に甘さがある。

ところで、先日から私は東京まで出かけて占星術を学びはじめた。それによると、「五十六歳～死ぬまで」という時期は「土星期」と呼ばれる時期に入るという。この土星期をどう生きるかは人それぞれだろう。白か黒かの二元論から身を引いて、白であれ黒であれどちらかを選んで自分を一元化していく生き方もある。一元化というのはある意味でおのれの思い一筋に絞り込むことであり、それはそれで頑固な美しさがある。しかし一元化は新しい刺激を拒むから、おのずと「枯れて」いくだろう。

岸惠子という人はこういう「枯れて」いく道からは笑いながら逃げている。パリという街の裏も表も知り尽くしたら、懶惰《らんだ》な多様性を味わうことのほうが楽しいのだろう。そしてそれが「私は老けない」という言葉になっていくのかもしれない。

それにしてもこの「毒も花もあるパリ」という言葉には余韻があった。「毒」は悪とは違う。そこには人を酔わせ、時には人を癒すものさえある。アメリカ的ピューリタニズムでは掬いあげることのできないヨーロッパならではの複雑性とでも言おうか。岸恵子を眺めながら自分の土星期について考えた。

45 人生の妙味

私たちは十代のころに、「自分の原型」のようなものに出会っているということに気づいたのは、最近のことだ。同世代の女性たちと「昔、憧れた女優」について話していたとき、それぞれの現在と昔の憧れの女優像があまりにもつながっていたのである。女優の名前をあげると、次のようになる。

ジーン・セバーグ、パスカル・プチ、ドリス・デイ、メリナ・メルクーリ、ミレーヌ・ドモンジョ。東京、神戸、広島と場所は違っても、一九六〇年代の都会的な文化の中で十代を過ごした世代だから、憧れは外国女優になっていた。

私があげたのはミレーヌ・ドモンジョ。といっても彼女の出演映画を見たわけではない。そのころ外国女優のカレンダーがあって、多分、そこに登場したのをちらっと見ただけのことだった。しかしその一瞥は、実は自己の本質との出会いだったのかもしれない。

私がミレーヌ・ドモンジョに感じたものは「甘さ」。自分のロマンの中を漂い、いつも夢見ているような非現実感。ジーン・セバーグと言った女性は、五十代になってからカラリストの仕事を始めた知的な人だが、スレンダーなボディに「ガーリッシュ（少女風）」な洋服がよく似合う。

パスカル・プチを好きだと言った女性は、いまでも可愛い女子大生的な聡明さを持って画廊を経営しているし、ドリス・デイをあげた女性は、妻として主婦として母として永遠に陽気で明るいオプティミストだ。そしてメリナ・メルクーリが心に残ったと言う女性は、ヒューマンで知性的な大人の感性を持った社会派の新聞記者になっている。

もちろん十代のあの日から、滔々とした時間が流れた。だれもが雨に濡れ、風に吹きさらされてきた。にもかかわらず、こうやって話してみると、歳月がどこかに消えていったように、「あの日」が現在につながっている。年を重ねて知った人生の妙味だ。

46

男たちに負けてられない

相撲にはほとんど関心がなかったのに、春場所の白鵬を見て、「可愛い」と思った。どこか童顔に見えるモンゴル人ならではの風貌もあるが、なんていうかたとえ負けても無傷な感じがある。それは青春ならではの魂のさわやかさだ。

その白鵬の若さの前でややたじろいだ感じの朝青龍。無敵のふてぶてしさは消え、どこかためらいが見えた。こうやって人は自分の時代を失っていくのだろう。そのとき魂にはけっこうな傷がついている。

しかし魂に傷がついてからが「人間の味」の時代が始まる。たとえばWBC（WORLD BASEBALL CLASSIC）の「向こう三十年は」というイチローの話題になった名台詞。あれは若い魂では言えない。イチローのよく口にする〝野球人生〟という修行をくぐり抜け、それによってさまざまに傷ついてきた彼だからこそ、私たちの魂に火をつけ、韓国の人の魂を挑発したのだ。

この台詞を知ったとき、不覚にも（笑）私は熱くなってしまった。老後がどうしたなんて置いといて、よし、私も「向こう三十年は」やってやろうじゃないの、と誓ったのである。

とはいえ私は新庄の軽いセンスも好きだ。「これからはパ・リーグです」などと、自分の挫折をも軽くいなしてしまうご都合主義は、生きていくうえで参考になる。それに何もかもを遊んでいる感じがよい。もちろん彼なりの生真面目さはあるのだろうが、それ以上に遊戯感覚で生きているところが楽しい。

そんなことを考えながら新聞を開いたら、今度は現役最強のロックバンド、ローリング・ストーンズ「来日」インタビューの記事。「エネルギー、感情が大事」とミックが言い、「倦怠は病気だよ」とキースが言う。まさにそうだと、またもや熱くなってしまった。二人とも六十二歳のロッカーだ。ロックは若者の音楽と考えているのは、きっとエネルギーも感情も枯渇し、人生に倦怠したやつらだぜ、などとひとりで騒いでいる私である。

47 無意識とリズム

無意識というものの力を知ったのは、バリ島のダンスを踊っている子供のテレビを見たときだった。もの心ついたときにはすでにダンサーの道を歩まされていたその子に、

父親はこれは神々に捧げる踊りだから崇高な表情をせよ、と教えた。三、四歳の子にである。

しかしその子はそれを理解した。そして踊ることを無意識の領域に刻みつけた。踊ることにせよ、歌うことにせよ、体で表現することは意識的なうちは付け焼き刃だ。無意識にまで沈み込んで初めて、その踊りや歌に乗って、魂が蝶や鳥や花になって流れ出す。もちろん描くことだって同じだ。

近所の仲間とブルースバンドを始めて、ぶつかったのがこの無意識だった。映画『スウィングガールズ』の中でも、ジャズをやろうとする高校生たちが、日本のリズムとは逆の「裏拍」というリズムを身体化させてスウィングすることに苦労していたが、私にとっても同じこと。裏拍が無意識にまで身につくことをめざして、日々明け暮れている。ところで、ときどきこう考える。リズムで生きるべきか、メロディーで生きるべきか？

もちろん時に応じて生きればいいのだろうが、メロディーというのはよきにつけ悪しきにつけ自分の経験した悲喜こもごもの感情を反復するところがあって、その意味で自由ではないところがある。

しかしリズムが身につくとハッピーに生きられるような気がする。たとえ何があっても「いま」を生きていることにスウィングできるからだ。つまり踊りながら生きることができるようになる。八十歳になっても軽く踊っている婆さんに憧れるのであります。

それにしても映画『スウィングガールズ』の中で、女子高生の吹くテナーサックスってかっこいいな。あの楽器は男っぽいものだと思っていたが、細い指の女の子が吹いているると軽快に見えた。時代はどんどん女の子を自由にしている。とってもいい感じだ。

48 楽天的であること

インド舞踏を踊っている年下の女友達がいる。普段はあっさりとして明るい人だが、メイクをして衣装を身につけて舞台に立つと官能の魔力をふりまきはじめる。ヒンズーの神に捧げるダンスでありながら、ほとんどセクシュアルと言うべき香りが舞台を包む。彼女の内なるシャクティ（性力）が花開くのだ。

若いときは、男を追いかけてスペインまで行ったわ、と彼女は言う。激しくて情熱的で自由なのだ。四十代のいまは、働きながらひたすら踊る。結婚はしていない。そんな彼女の中にある官能性が踊りに変容して舞台で美しく花開く。

このごろ、歌う人や踊る人、演じる人、演奏する人がひどくまぶしい。それらは、「いま・ここ」ですべてを表現する。特別に輝く「いま・ここ」を生きる。修練したも

sun
moon

のとインスピレーションが「いま・ここ」で溶け合い、観客の心と響き合う。

絵を描いているときも「いま・ここ」の輝きはあるけれど、それはアトリエで一人で生きる「いま・ここ」である。しかし描きあげたものは残念ながら「いま・ここ」の輝きではない。

ところで、歌う人や踊る人、演じる人や演奏する人をまぶしく感じるようになったのは、実は五十代になってからだ。それまでの私は一人でいたい人であったし、アトリエという隠れ家に逃げ込みたい人でもあった。他人というものがどこか苦手だった。

それがなぜか少し変化した。トシを重ねたということもあるが、毎年五月に開く伊豆高原アートフェスティバルの運営を続けてきたことで多くの異質な他者に出会い、許容性が鍛えられたように思う。その結果、以前よりも楽天的になった。

もちろんいまから何かを始める気はないけれど、遊びでならなんだってできる。私の世代である団塊の世代は、新しい老人時代を作り出すといわれているが、遊び上手ということは実は幸福上手ということなのだ。

49 新しい夢と『かもめ食堂』

久しぶりに帰ってきた息子に、「ふらっと行けて、安くておいしい料理があって、たまり場になるような場所を作りたいなと夢見ている」と話すと、「それなら『かもめ食堂』という映画を見たらいいよ」と教えてくれたので、東京に行った隙間の時間に見る。

主人公の三人の女性の「たたずまい」がなんとも素敵な映画だ。三人ともそれぞれ泣けそうな「過去」を背負っているらしいのだけど、それをだれも口にしないで、それでいて周りの人の痛みや喪失感にたいして深くやさしい。察して、受け入れて、いたわる。しかし映画はそれをことさらに描くわけではない。そういうことは当たり前のことですね、という程度の表現だ。つまり、とっても繊細な大人の感性が漂っているのである。

舞台は北欧のフィンランド。私も二十年近く前の白夜の季節に行ったことがあるが、社会保障の行き届いた国（そのぶん働ける時代には税金をいっぱい払う）ならではの落ち着きがあって、街には清潔な空気が漂っていた。

私が映画の中で好きだったところは、主人公の一人がフィンランドの「森」をさまようところ。私の机の前にも、森と湖の絵葉書がいまでも貼ってある。フィンランドの人たちは、一人ひとりが森の中で自然に包まれることで、街の人生だけでは味わえない落ち着きを体得しているのかもしれない。

それにしても、めったに帰ってこない息子がCM製作という苛烈な仕事をしながら、こういう映画を心の中に住まわせて生きているのを知って、ハハとしてひそかに満足。

私の周りには最近、リタイアして夫婦二人暮らしというのが増えてきた。いつもいつも二人というのは倦怠する。だからこそ、たまり場になるおいしいレストランかカフェがあればねえ。もっともこれはまだ夢。しかし夢を見ないと実現もしない。想念は力だということを胸の中に入れて、白と水色を基調とした『かもめ食堂』の風景を想い出している。

50　人生の転機

青空に入道雲という夏がなかなかやってこないと思っていたら、夫の病気が発見された。これまでの人生であれこれ山場を越えてきたせいか、大きな病気という新しい出来事をいい経験に生かそうと考え、まず日常生活のリズムを大きく変えることにした。

まず、夜は一切、仕事をしない。夫も私も絵描きで物書きという仕事のせいで、これまでは気の向くまま夜中まで仕事、仕事の人生だった。それをぴったりやめた。夕食後はのんびりぼんやり過ごして、早く寝る。そして日の出とともに起きることを目指す。次に朝食は軽くし、昼食や夕食のあとは「牛になる」こと。茶碗を台所に下げたら、とにかくゴロ寝。すぐに仕事していたのをやめて、消化器のために血を使うこと。ともかく「もう、がんばらない」、努力漬けでがんばってきた人生からリタイアである。病気がわかったのは夫だが、私だって結構、「問題」を抱えている。家族の病気というのは、同じリズムで暮らしている者にも伝わっていくところがあるというから、この際一緒に人生をリセットすることにした。そう肚を決めたら、生きる気分が新しくなった。

それにしても病気がわかってから、いくつもの悟りがある。わかっているつもりで暮らしてきたが、なんだこれと呆れるほどの夫と自分の違い。夫婦といったって他人であるということをこの期に及んで知らされた。「病気じゃなくったって、そんなもんだよ。お互い興味が違うんだから」と、お見舞いに来てくれた友人男性が言う。「それに、歳をとると修正がきかなくなってさ」

多分、みんなそういうことだろう。とすればどうするか。いま私が到達したのは、夫への「暖かい友情」である。看病や介護は友情の精神でいくべし。友達だったら、違いを我慢もするし、諦めもする。そのぶんやさしくもなれる。どうやらこの夏は、人生の新しい転機になりそうだ。

51　一週間単位の人生

女友達と温泉に行く。クルマで山あいのハイウェイを飛ばしていくと、源泉掛け流しの鄙びた小さな温泉がある。在家のお坊さんが経営しているという話も聞いたが、効能あらたかというので、知る人ぞ知る温泉だ。

女友達は離婚して二人の子供を育てながらあれこれと苦労したはてに、今は老母の介護のためにこの土地に来た。いつからか「温泉に行かない?」というのが、二人の間の骨休めになった。

クルマで同じ方向を眺めながら話をしていると、向かい合って話すよりも気分がフリーになるところもある。顔を見つめながら話していると、ついこれまで生きてきた間に経験した悲しみや怒りといった感情が抑えきれず、それが恥ずかしいところがあるが、表情を見ないでいられると、辛かったことも落ち着いて話せるところがある。

彼女はピアニストになりたかったが、挫折したという。両親にピアノを買ってほしいとずっとねだったのに、実際に買ってもらったのは思春期の始まるころだった。音楽を志す人にとって、それはいささか遅いスタートだ。

それでも必死に練習をして音大に行ったけれど、遅いスタートは致命的であったと知らされるようなことがいくつもいくつもあって、今生の人生の夢は潰えてしまったという。そしていま、自分の熱い夢を聞いてくれなかった母の介護をしている。

だれもが生きる悲しみを抱えている。納得のできない怒りを抱えている。そしてそれ相応の「あきらめ」も抱えている。

しかし鄙びた温泉に入ると、身体もほどけていくが、ゆっくりとそういった心のこだわりも少し楽になる。湯上がりに「それではこの一週間がんばりましょう」とお互いに言う。あれこれあっても一週間、一週間単位で生きていこうと冗談を言い合いながら、緑の山あいのハイウェイを飛ばして帰る。苦しみを分かち合える女友達に感謝しながら。

52 捨てることと達観について

このごろしきりと「人生を達観する」ということについて考える。達観するためには、自己という存在が小さくてはできない。もしも自分というものがするすると伸びて、成層圏の上にまで首を出せば、自分の人生というものを達観することができるかもしれな

い。どこかにそんな特効薬がないものか。

この「達観する」ということについて私の周囲を見渡すと、不思議と男のほうが達観しているかのごとき言葉を吐く。

「まあ、おれの人生、こんなものかと思うよ」

「株でね、どうにもならない株は塩漬けにしておくという言い方があるんだけど、夫婦の問題も塩漬けだよ」

「最初から、違う二人が一緒にいるんだから所詮違うんだよ」

子育てがもうすぐ終わるころ、あるいはもはやリタイアするころ、いずれにせよ、男の義務であった経済責任から解放されるころ、男は淡々とした人生観に到達していくのだろうか。

離婚したある女友達はこう言った。

「夫婦は見つめ合ってはだめよ。同じ方向を向いていればいいの。問題はほじくってはだめ」

なるほどと思う。これはある種の達観だ。彼女は離婚という苦い経験をへて、達観したのかもしれない。

「学習の過程では、日々なにかを得る。道教の道では日々なにかを捨てる」

これはドロシー・ギルマンの『一人で生きる勇気』（集英社）の中の言葉だが、ここを

1/2
1/2
unu

読んで、そうだ、この「捨てる」ことがしたかったんだと気づく。精神的な過去も捨てたいけれど、それらを刻み付けているものも捨てたい。

私の性格だとまず、ものを捨てる。捨てて捨てて身を軽くしながら、気がつくと精神も軽くなっているというのが理想だ。そう思いながらせっせと「捨てている」日々だ。憧れの達観まで、あと何歩か？

53 人生の難問に対して

札幌に住む女友達はこの一年、気合いを入れて「ファイターズ」の応援をしていた。なにしろこの数年、同時多発テロのような家族問題を背負っていた。夫との問題、同居する両親の問題、二児を連れて離婚してきた娘の問題、そして自分の更年期の問題。最初は一人で悶々と悩んでいたのだが、突然、「ファイターズ」を応援するという「生きる目的」を設定した。そしてファンクラブに入り、自分のことを「勝利の女神さま」と称して球場に通った。球場に行けないときは「ハムカツ」を作って遊んだ。

札幌では女性ファンが多かったという。もちろんそのすべてが彼女のように、家族という難問を吹き飛ばそうと応援していたわけでもないだろうが、彼女の報告によれば、地味なスーツを着たビジネスウーマンが一人で球場にやって来て、目の前で応援の服に着替えて、別人のように応援を開始。それはまるでクラーク・ケントがスーパーマンに変身する場面のようだったという。

心理学では、直面している問題に答えを出さないで、ほかのことに目を移すことを「逃避」と呼ぶ。そういう意味では女友達は大いなる逃避をしていたわけだが、それは逃避ではなく正しい「対処」だ。心理学の多くは成長期の単純な問題を対象としているにすぎない。

成熟期に入ったとき、私たちは一筋縄ではいかないがんじがらめの錯綜した問題に包囲される。それらに対しては、「いい加減」な対処をして、上手に八方を納めておけばいい。納まらない場合は、せめて自分の心身が蝕まれないように、別の「生きる目的」に臨時に燃えていればいい。ふざけたり、逃げたり、遊んだりする「ゆるゆるの人生観」を身につけておかなければどうにもならない。

多くの人はそれを「老ける」と呼ぶが、私は「熟した」と呼ぶ。若い潔癖さなど、難問の前ではガラスのように割れていくが、この熟成は手強いのだ。

54 「悟り」は同じ

瀬戸内寂聴さんが文化勲章、田辺聖子さんの人生がNHKの朝ドラになったのだから面白い。私は個人的には『功名が辻』の内助の功はパスだから、こっちのほうがよほど面白い二〇〇六年の事件だった。

まず女の人生という点から見ると、二人は好対照。寂聴さんが、自分の産んだ子供を捨てて出奔して、男たちとの恋愛という情熱の奔流を生きたのに対し、聖子さんは自分の産まない子供たちと大家族を営み、一夫と面白おかしく暮らした。

それだけでも充分に対照的だが、寂聴さんはその果てに出家し、多くの人々の煩悩と付き合っている。かたや聖子さんは可愛いものグッズに囲まれた未亡人暮らし。なんでもこれらのグッズ展が開かれており、これもまた多くの人々の心を慰めているという。どちらの人生がいいというものではないし、文化勲章のほうが上だとも思わない。面白いのは、このお二人のような女の人生の「どちらもあり」だと社会が容認するまでになったこと。

表現を抑圧されれば、母という役割だけで生きていけないことも真実だし、なにも

「自分の腹をいため」なくとも、幼いいのちへ愛情を寄せることができる寛大さは、人間の中にある能力だ。

　ただ二人とも、旧来の「よき妻」ではなかった。男たちと恋愛を重ねても、寂聴さんはよき妻にはならなかったようだし、聖子さんは上手に「カモカのおっちゃん」を発明してよき妻からはみ出る部分を笑いでまぶした。そうやって二人とも「男中心の時代」が女に要求していた不具合さからすり抜けた。

　そしてそんな時代を生きながら、女が自由になるというのは、自分の愛情や性愛に大らかになることであるということを、それぞれの個性に応じた小説で表現している。男たちはこのあたりのことにふれたがらないが、生き方は違っても、悟りは同じ。なんだか気分のいい年明けであります。

魔女の森へ

魔女の森へ

不意のひらめき

漠然と、「魔女になりたい」と思いはじめたのは、まだ三十代のころだった。本来なら「人間の女」として女盛りのころであったが、どういうわけか私の興味は「人間の女」よりも「魔女」に向かっていた。そのころは、人間の女と魔女の違いをはっきりとわかっていたわけではない。なんとなく感じていたのは、魔女は不思議な能力を持ち、ロマンティックで秘密めいているというイメージだった。

いまにして思えば、私が人間の女の女盛りとしてこの社会を生き抜かねばならなかった一九八〇年代という時代は、二十世紀の合理主義的な論理が支配していた最後の時代である。二十世紀の論理の終わりについてはさまざまな意見があるだろうが、私にとってはチェルノブイリ原発事故、ベルリンの壁の崩壊、昭和という時代の終わりというあたりがそうではないかと考えている。

チェルノブイリ原発事故は、二十世紀的な唯物論に基づいたテクノロジーの限界の露呈であり、ベルリンの壁の崩壊は、二十世紀のヒューマニズムを支えてきた共産主義という大いなる幻想の失墜であり、昭和という時代の終焉は、昭和天皇で象徴された父系制の家父長的大家族の支配力が消えたことである。

あのあたりから、私たちは地球上での新しい生き方を探さなければならなくなった。それは持続可能なテクノロジーであり、多文化が共存できる収容所を持たない理念であり、新しい開かれた家族の可能性を探る試みである。

とはいえ、私が「魔女になりたい」と思ったのは、そういう世界情勢や地球の現在、歴史の転換期などという大きな命題をふまえてのことではなかった。女であり、かつ絵描きというアーチストである私は、直観や感性、イメージで社会や時代と交信していることが多く、まず何かがひらめき、その交信内容をあとで言語化しているところがある。「魔女になりたい」というひらめきも、そういう時代に不意にやってきたインスピレーションのようなものだった。

満月の夜と小さな秘薬

きっかけは一本の映画だった。何がきっかけで岩波ホールまで足を運んだのか忘れてしまったが、フランスの大女優ジャンヌ・モローが監督した一九七九年制作の映画『ジャンヌ・モローの思春期』を見てから、「魔女になりたい」という夢にとりつかれてしまったのだ。

映画の舞台は戦争の影が忍び寄る一九三九年の夏、フランス中部の休火山のある小さな村。主人公の少女マリーはいつもの夏と同じように、祖母の暮らすこの村へ行く。戦争の影が忍び寄っているとはいえ、ただひとつのことをのぞいては、村は少女にとって牧歌的な夏休みの場所だった。

ただひとつのこと、それは少女がその夏「初潮」を迎え、同時に「初恋」を知ったこと。つまりその夏少女は、人生の大きな通過儀礼を迎えたのである。初潮だけでも大きな経験なのに、少女は村の若い医師に恋をする。しかしその若い医師は、実は母の恋人であった。初めての恋が母の不倫相手。それだけで充分に、物語は私たちが生きているこの世の矛盾を秘めて進んでいく。

だが私が心惹かれたのは、そういった恋愛ドラマだけではなかった。物語のもう一人の主人公の祖母を演じたいまは亡き女優シモーヌ・シニョレの魅力的な存在感であった。母の恋愛によって傷ついた少女に向かって、独特な方法で手を差し伸べる祖母。たとえば、初恋のそれゆえ未熟な恋の苦しみにさいなまされる孫娘に向かって、彼女は言葉で慰めるようなことはしない。ただ、ひとこと、「今夜、私たちは一緒にすることがある

シーツを広げて

よ」と言うのだ。

その満月の夜、二人は森に入っていく。そして夜露の降りた地面に、持ってきた白い

これはお月さんの涙よ
月はいつも
地球を思っているのよ

と歌いながら、孫娘と一緒に、木々を揺らして、持ってきた洗面器やシーツに夜露を集め、シーツを絞ってそれを小さな可愛いガラスの小ビンに入れる。満月の煌々と照らす月明かりの下で、二人はまるで魔女の儀式のように振る舞っている。そして翌朝、その「月の涙」の入った小ビンを眺めながら、祖母は言う。

私が死んだら、
お前が続けるんだよ　いいね。

十八年前から私はこの村と同じような休火山のある田舎町で暮らしているので、満月

の夜というものがどんなに明るく神秘に満ちているかを知っているが、この映画を見たのは、私がまだ東京で暮らしていたころだったから、この祖母の振る舞いが何を意味しているのかわからなかった。いまでこそ、それは「満月のヒーリング・パワー」であったり、「月夜の森のフラワーエッセンス」であると理解できるようになっているが、二十世紀的な都市文化の洪水の中を生きていたころには、どこか迷信じみた自然信仰に思え、理解する手がかりがなかった。しかにそうであるにもかかわらず、このシーンにひどく魅せられてもいた。それは私の無意識が「こっちの方向だよ」と囁いているようでもあった。

この物語にはまた謎めいたものがあった。村に住む「魔女」と呼ばれている女と、彼女が作り出す「秘薬」や「媚薬」である。「秘薬」は「好きな人と半分ずつ飲むと二人は愛し合うのよ」という艶かしい力を秘めている。

媚薬はつるにちにち草とアンジェリカと
こえんどろを
夏至のときに摘む
満月に
聖ヨハネの夜にだよ

moon

いまではこういう「秘薬」や「媚薬」は薬草であり自然療法であると理解している。しかもそういった草花をなぜ「夏至の」「満月」や「聖ヨハネの日」に摘み取らねばならないかという自然の摂理の必然性もわかるようになった。そこには自然の奥にある必然性を守りながら生きていく古層の文化が息づいている。だが、西洋医学しか意識していなかったそのころの私には、こういう台詞はポエティックなファンタジーのようにしか感じられなかった。

またこの物語にはもうひとつ、あたかも魔術のように魅了されたシーンがあった。それは村の老人の臨終場面である。臨終のベッドのそばに老人の妻と少女の祖母がいる。祖母は小さな机の上に置いたランプを見つめながら、臨終の「その時」を待っている。老人が深く最後の息をしたとき、老人の妻がベッドのそばから祖母のところに近づいてくる。すると祖母は無言でランプに火をつけ、それを妻に渡してやる。

妻はそれを持ってふたたび老人の枕元に立ち、死にゆく夫の手を握りながら見つめているが、息を引き取ったことを確認すると、ランプをふたたび祖母に渡す。すると祖母は急いでその火を吹き消し、さらに壁に掛けてあった振り子時計の振り子を止め、鏡を青い布で覆ってしまうのである。

ランプの火が「いのち」の暗喩であり、振り子時計を止めるというのは「いのち」の終わりを象徴しているとしても、なぜ鏡を青い布で覆ってしまうのかが謎だった。しかし祖母を演じたシモーヌ・シニョレの落ち着いた深い存在感のために、そこには何か死者のための伝統的な技法のようなものがあり、それを身につけている彼女が当然のようにおこなった死の儀式のように思えた。別の言い方をすれば、そこにはフランスの休火山のある村に伝わっている「魔女」の知恵があったように思えたのである。

このシーンは私の魂の深いところに入り込んだ。こんなふうに私は死者を送ることができるだろうか？　こんなふうに自然に臨終の場に立ち会うことができるだろうか？こんなふうに落ち着いた死別を経験することができるだろうか？

この映画を見た数年後の三十代の終わりに、私は父の臨終に立ち会ったが、私に許されたことは病室のベッドの枕元に置いてあった医療計器の目盛りが上下するのを虚しく見つめることだけだった。病室には吹き消すことのできるランプもなく、時を止める振り子時計も、「いのち」の光を隠す必要のある鏡もなかった。身体機能の停止を示す器具はあっても、魂の旅立ちのための儀式はなにひとつなかった。まだ「魔女」になれないでいた私は、そういった臨終でしか父を見送れなかった自分の無力感にさいなまれたのである。

物語にはまた、このランプの火が「いのち」を象徴している次のような言葉もある。

「このランプの光でお前は生まれたんだよ」

これは老人を看取った妻が、通夜の夜に息子に語る言葉だ。そして妻は送り火のようにランプを玄関に続く外の階段に置く。旅立った魂が見つめるであろう小さなこの世の火であった。

「真実が人間を自由にするよ」

振り返ってみると、この一本の映画は、私の心の深層を揺るがしたある種のカルチャー・ショックであった。第二次世界大戦が終わって二年後、かつては近代の技術の総結集であった戦艦大和を造船し、戦後は米軍基地のあった町に生まれた私にとって、自分の感性や文化意識がアメリカナイズされていくのはごく自然のなりゆきだったし、さらに私は中学・高校をカトリックの学校に行き、キリスト教に基づく教育を受けた。そのあげく学生運動の最盛期に大学生活を送ることで、戦後の歴史の中に雪崩れ込んだコミュニズムや唯物論をシャワーのように浴びて成長した世代を私は生きていた。

しかしこの映画には私の知らないヨーロッパの古層のアニミスティックな文化があった。それは清教徒たちが作り出した新大陸アメリカの文化が見失ってしまった大地とのつながり、自然との交流を生きる文化を背景にしていた。そしてそういう古層の文化の中に「魔女」がいた。

映画の中で「魔女」と呼ばれていたのは、オーギュスタという女性である。彼女はある男のロバを殺したと非難されている。ロバの治療に失敗したのかもしれない。彼女はまた少女のリクエストに応じて「秘薬」や「媚薬」を調合する。森の中を散策して薬草を摘んでいる。「いのち」のための薬も「愛」のための薬も、魔女の仕事だ。

だが、私が心惹かれたのは、オーギュスタよりもシモーヌ・シニョレの演じた祖母、休火山のある大地に根っこがあるような女性の中にある「魔女性」であり、息子夫婦の倦怠や、嫁の恋愛、さらに孫娘の失恋という家族のエロスの風景を深い落ち着きの中で眺めて、それらを治癒するように行動するヒーラーのような振る舞いであった。

しかしこの「ヒーラー」という言葉も、一九八〇年代の私たちの文化にはなかった。カウンセラーという言葉はあったが、ヒーラーという存在が注目されるようになったのは一九九〇年代以後のことだ。ヒーラーにあってカウンセラーに希薄なもの、それは私たちの「魂」に対する姿勢だ。カウンセラーはあくまでも現在の社会の道徳的な考え方を基準として「心の病」に向かうが、ヒーラーは現在の社会では考慮されていない魂というものを大切にする。魂という見地から心や体の状態を見つめる。

カウンセラーにとっては、嫁の恋愛は「不倫」かもしれない。しかしヒーラーはそういった皮相な見方をしない。現在のような結婚の中では、私たちの愛は時に休火山のようなものになることを知っている。魂にとって新しい恋愛はエロスの火だ。その火が燃えるのをじっと眺めて、必要な「時」がくるまで待つ。火を無情に消すべきではない。火の自然に任せているのだ。

孫娘の失恋にたいしても、満月の夜や森の樹液の癒しを教えるだけで、恋愛の情熱や性愛というものは道徳やモラルだけでは位置づけられないものであることを、暗黙のうちに教えていく。映画の中では、祖母と孫娘が同じベッドに入っていると、窓の下からモーリスという老人が祖母に合図を送ってくるシーンがある。どうやら老人は若いころからの祖母の恋人らしい。驚いている孫娘に「大昔、地球が若かったとき」「私は情熱のワルツを踊ったよ」「若い夫がいたよ」と、祖母は物語って聞かせる。

モーリスは遅れてやってきたの
私には
子どもができた
その子は愛の結晶だったよ
夏のはじめの日
月の下でつくった子だから
モーリスは知ってるよ

Doo

祖母はそれ以上は語らない。人生における情熱のワルツ、官能のゆらめき、それは人生の中で出会うとても繊細で複雑な出来事であるが、そこにこそ「エロス」の火が流れていることを知らなければ、私たちは詩人の魂を育てることはできない。この祖母はそういうふうに「いのち」がエロスの万華鏡であることを知っていて、そこから「癒し」を差し出す技を身につけているのである。シモーヌ・シニョレはそういう意味では見事なヒーラーを演じていた。

「真実が人間を自由にするよ」

失意の底に沈んでいる孫娘に語りかけたこの言葉は、傷ついている孫娘の心にたいしてではなく、彼女の魂に向かって囁かれた言葉だったのだろう。

いや、こう言ったほうがいいかもしれない。私はこういう女性たちを、彼女たちの中に脈々と生きている魔女性を小さな村のひと夏の出来事として描き出した監督、ジャンヌ・モローの濃密な女性的で官能的な感性に魅せられたのだ。まさにジャンヌ・モローという女性そのものが魔女なのである。そしてその魔女性はそれまでの私が生きたことのない文化であり、その映画を通して、自分の文化的欠落を自覚させられたのである。

スピリチュアルに、エコロジカルに、セクシュアルに

私たちのように戦後世代に生まれた者は、この国の近代化とともに成長した。それはあらゆる意味において自然から遠ざかることであり、農村や漁村に生まれ落ちないかぎり、自然とともに息づいた暮らしを忘却していくことであった。しかし自然のそばにあった農村や漁村には前近代的な因習も色濃く残っていた。後に続く世代に残すべきよき伝統ならばよいのだが、伝統と因習は区別がつきにくいほど混乱していた。

そういったとき、都市はある種の光だった。都市は二十世紀の解放区の役割を果たしていたと言ってよい。そこでは「個人の自由」と「自立」が約束されていたし、都市はなによりも因習が相対化される場所だった。新しい風はいつも都市から吹きはじめた。

ただ、都市には決定的に自然がなかった。人間が自然と結びついた生き物であることを日々意識させてくれる自然がなかった。その結果、自然の循環を排除し、人工的な機能性を最優先させた場所で、私たちは秘かにアレルギーを増殖させ、心身のバランスを崩していった。一九九〇年代という時代にどこか暗さがあるのは、バブル崩壊という経済不況だけでなく、生き物としての私たちがいやおうなく病んでいったからではないだろうか？

もちろんこれはこの国だけの出来事ではない。自然を排除した欧米的な近代化を生きた先進国に共通の生命力の衰弱である。アスファルトとコンクリート、鉄やガラス、プラスティックといった物質に対応するだけでは私たちは息絶えてしまうのである。

ところで私がこの映画を見た一九八〇年代の初めというのは、「雇用機会均等法」の成立に向けて女性たちが「男女平等」を求めて声をあげていたころだった。社会的な現実ではたしかに男女の不平等や、暗黙のうちに社会の基層に残っている男尊女卑の観念などがあって、そういった因習はおしなべて一掃されるべきものだと私も考えていた。そういう意味では近代化は必要であった。

しかしそう考える一方で、私はひとつの疑問を抱え込んでいた。社会の大波になっている男女平等への意志。それは女が「男並み」の能力を発揮することで達成される「平等」であったが、それはどこか不自然ではないか？ 「男並み」になることで達成できる平等というのは、女性の男性化でしかないだろう。この危惧はその後の「結婚しない世代」「セックスレス」や「少子化」問題として浮上している。

この社会を形成してきた二つの文化。「戦い」を担ってきたのが「男の文化」であり、「いのち」を支えてきたのが「女の文化」である。男尊女卑文化の過ちは、戦いを遂行する「男の文化」を、「いのち」を育みケアする「女の文化」の上に置いたことではないか？ これからの女性たちが意識しなければならないことは「いのちの文化」の再認識であり、それを社会自体が自覚することではないか。そう考えるようになった。

とはいえ、私自身、「いのちの文化」の本質を認識してはいなかった。「家庭」という場所は人が生きていくうえで「家（スピリチュアリティ）」と「庭（エコロジー）」を学ぶところだと教わったことがあるが、私の成長した戦後社会においては、電気製品の普及によって伝承されるべき家事の知恵は切り捨てられてきたし、出産や看取りというスピリチュアルな出来事は家庭から病院へ収容されていった。さらにエロスについては何重もの見えない複雑な鎖が女性たちを拘束していた。

生きて死んでいくためのスピリチュアリティも、暮らしていくためのエコロジーも、愛し合うためのセクシュアリティも、近代化という大波が押し流していったかのようだ。職業を持ち、男性と同等に力を発揮すること、そういうことが当たり前になる社会はもちろん必要である。しかしそれだけにとどまっていたら、女もまた「いのち」の文化に鈍感になってしまいかねない。

この『ジャンヌ・モローの思春期』の終わりは象徴的だ。さまざまな出来事のあった夏が終わって、少女の一家はパリに向かう小さなバスに乗り込む。バスは田舎道をがたがたと進み、村から遠ざかって行く。シモーヌ・シニョレの祖母はパリに帰っていく息子一家の乗ったバスを黙って眺め、さまざまな出来事が起きた意味深い夏を見送るようにゆっくりと窓の格子戸を閉じる。そしてそこにナレーションが流れる。

戦争が始まった
戦争は果てしない悲しみと
多くの死をもたらした
何もかもが変わった
生きる楽しさは終わりを告げた

「果てしない悲しみ」や「多くの死」にくらべたら、初潮や初恋、さまざまな男女の恋愛のエクスタシーや葛藤、失恋などは「生きる楽しみ」そのものである。「秘薬」や「媚薬」も「生きる楽しみ」のためのものだ。ジャンヌ・モローはそういった「生きる楽しみ」を鮮やかに描き出すことで、忍び寄ってきた「戦争」という男性原理の虚しさを描き出したとも言える。

この物語の舞台は一九三九年の夏。この夏が終わって戦争が始まり、多くの死の果てに、私が生まれた。一九二八年生まれのジャンヌ・モローは私の母の世代になるから、ここに登場する祖母というのは、私からみれば三世代前の「曾祖母」の文化だ。あの時代までは、フランスの小さな村では、脈々と伝えられた自然の知恵にあふれ、官能についての豊饒な理解のある魔女的な暮らしがあったのだろう。

Oh
20

そう思うと、この映画に出会えたことを幸福に感じつつ、ふと思った。私は「男並み」の女ではなく、魔女になりたい。生きることの中に豊かな自然を受け入れ、静かに死を受け入れ、道徳では説きあかせない官能の神秘を受け入れる魔女になりたい。森のない東京の、ネオンの明かりで満月や星影もさだかでない日々を生きていたにもかかわらず、私にはスピリチュアルにエコロジカルにセクシュアルに生きる魔女の小径を探していく人生が魅力的に思えたのである。

「魔女」にまつわる暗い影

では、ヨーロッパの歴史の中で「魔女」というのは何だったのだろう。この映画を見たときには、私には魔女は自然や癒しや死の儀式、官能の神秘に通じた魅力的な存在、そう言っていいなら女性原理をもっとも自然に発揮した女性たちに思えたのであるが、童話や絵本やファンタジーの世界では、魔女にはどこか悪魔の姉さんのような不気味な存在感というか、彼女の身につけている不思議な能力への畏怖の感情のようなものが描かれていることが多い。私が感じたような素直な憧れとは少し違ったアンビバレントな感情が魔女の周りにまといついている。これは何だろうと思って、何冊かの魔女をめぐる研究書を読んで驚いた。

ヨーロッパを襲った「魔女狩り」という女性虐殺の陰惨な歴史がそこにはあった。高橋義人さんは『魔女とヨーロッパ』（岩波書店）の中でこう書く。

一六世紀に始まる森との激しい戦い、一七世紀における近代科学の誕生、そして一六・一七世紀において酸鼻をきわめた魔女狩り。これらのあいだにはじつは密接な関係があることを忘れてはならない。というのも、本書においてこれから詳述するように、「魔女」とは都市化された人間から見れば、駆逐すべき自然の擁護者、代弁者だったからである。森のなかに住み、都市文化になじめない人。森のなかで薬草を摘む前近代的な薬剤師、身体（人間の内なる自然）を相手にする産婆。死や地下世界と親しむシャーマンたち。ジプシー、大道芸人、移動サーカスの芸人など、都市に定住しない漂泊の民。彼らはやはり森とともに「異人」として排除されなければならなかった。だからミシュレは言う。「〈自然〉が彼女たちを魔女にした。……魔女はその手に自然の奇蹟の杖を握っており、また、助力者および姉妹として〈自然〉をもっている」と。自然と親密な関係を有している人々はヨーロッパの都市文明、キリスト教文明のなかで危険視されたのだった。

この「〈自然〉が彼女たちを魔女にした」というところには、キリスト教の底に「激しい女性蔑視」があり、「女性はみな多かれ少なかれ（アダムに禁断の木の実を食べさせた）エヴァである」という共同幻想がヨーロッパのキリスト教社会を長く支配し、一四八七年に出版された女性憎悪を長々と記した『魔女の鉄槌』は十五世紀、十六世紀、十七世紀を通してベストセラーになり、魔女妄想を定着させたというのである。

その憎悪の根源は、女性の「野性」すなわち性的能力の豊饒さにあった。禁欲を建前とする修道士たちにとって、女性の野性は誘惑的なものであったから、それを否定することで自分たちを情欲の火から守ろうとしたのだ。高橋義人さんは『魔女の鉄槌』から次のような箇所を引用して、「今日から見れば異常としか思えない女性憎悪が長々と記されている」ことを伝えている。

すべては飽くことを知らぬ女性の肉欲に発する。だから女性はその肉欲を鎮めるために、デーモンたちとも関わりをもつのだ。（中略）

したがって異端と名付けられるべきは魔男（Hexer）ではなく魔女（Hexe）であり、それによって異端者の大部分を名づけたことになる。男性をこれまでのような破廉恥からお守りくださったイエス・キリストをこそ誉めたたえよう。イエス・キリストは男性のすがたをしてお生まれになったのであり、それゆえ男性の方を優遇してこられたのだ。

この「飽くことを知らぬ女性の肉欲」というのは、『和尚《ラジニーシ》、性愛を語る』（玉川信明編著、社会評論社）において「男性にはたった一つのオーガズム（頂点＝射精）を得る能力しかないが、女性には複数のオーガズムを得る能力が備わっていること。これが途方もなく大きな問題を作り出してきた」と、「和尚」と名乗ったインドの思想家ラジニーシが指摘している性の違いだろう。男たちは女性の内なる性の豊饒さを憎悪し、それを「魔女」と呼び殺戮していったのである。

高橋義人さんはキリスト教が支配したヨーロッパの「近代」がいかに「自然」を、とりわけ「女性の自然性」を排除しようとやっきとなったか、そのヒステリックなまでの所業を描きつつ、排除された魔女たちがどのような自然信仰や神話的思考を生きていたか、それを支えていたヨーロッパの古層の文化を探り出している。と同時に、そういった執拗なまでの自然排除のヨーロッパを対象化しながらそれとは異なった近代化をすすめてきた日本の古層にふれている。高橋義人さんは続ける。「つまり魔女狩りと近代の誕生とは重なりあっているのだ。西洋史上の拭いきれない汚点となった魔女狩りは、『理性的』であるはずの近代が『狂気』をはらんでいることを示している」

たしかにこの魔女狩りは狂気そのものだ。なにしろ魔女の烙印を押されて拷問にかけられて殺されていった、魔女狩りにあった女性たちは数百万人ともいわれる。これは愕然とする数字だ。被害者の数が不明なのは宗教裁判所や行政当局が正確な記録を残していないからだが、ヨーロッパ全土に魔女狩りの嵐は吹き荒れ、ある研究者によれば、最大の犯罪はドイツで犯され、「宗教裁判所は大量殺人を行うためにかまどを作らせたが、その形はヒトラー時代のものとよく似ていた」（『癒しの女性史　医療における女性の復権』ジーン・アクターバーグ著、春秋社）というほどである。中には女性が「ゼロになったりした小さな町」もあったほど狂気じみた出来事が続いたという。

ではなぜ、近代はそのようにやっきとなって「自然」を「女性の性」を排除しようとしたか。それは男性原理的な技術とそれに基づく都市を形成しようとしたからだが、私が唖然としたのは、魔女たちが伝承していた産婆術を根絶やしにすることで、男性医師にのみ認可を与える近代西洋医学の産婦人科を成立させたということを知ったときだ。これは男性による女性支配の象徴的な出来事だが、そういう近代化を先進性として受け入れてきた二十世紀までの私たちとは一体何だったのだろう。

この『癒しの女性史』の著者ジーン・アクターバーグさんによれば「百年ほど前まで、この西洋文明最大の犯罪についての本格的な研究は禁じられていた」が、「現在でも『魔女』は、依然として西洋人の心のなかの最も暗い想念の影」になっているという。たしかにこれは「西洋文明最大の犯罪」だ。そしてこれほどまでに多数の女性たちが「魔女として」殺害されたとしたら、魔女というものが悪魔の姉さんのように西洋人の

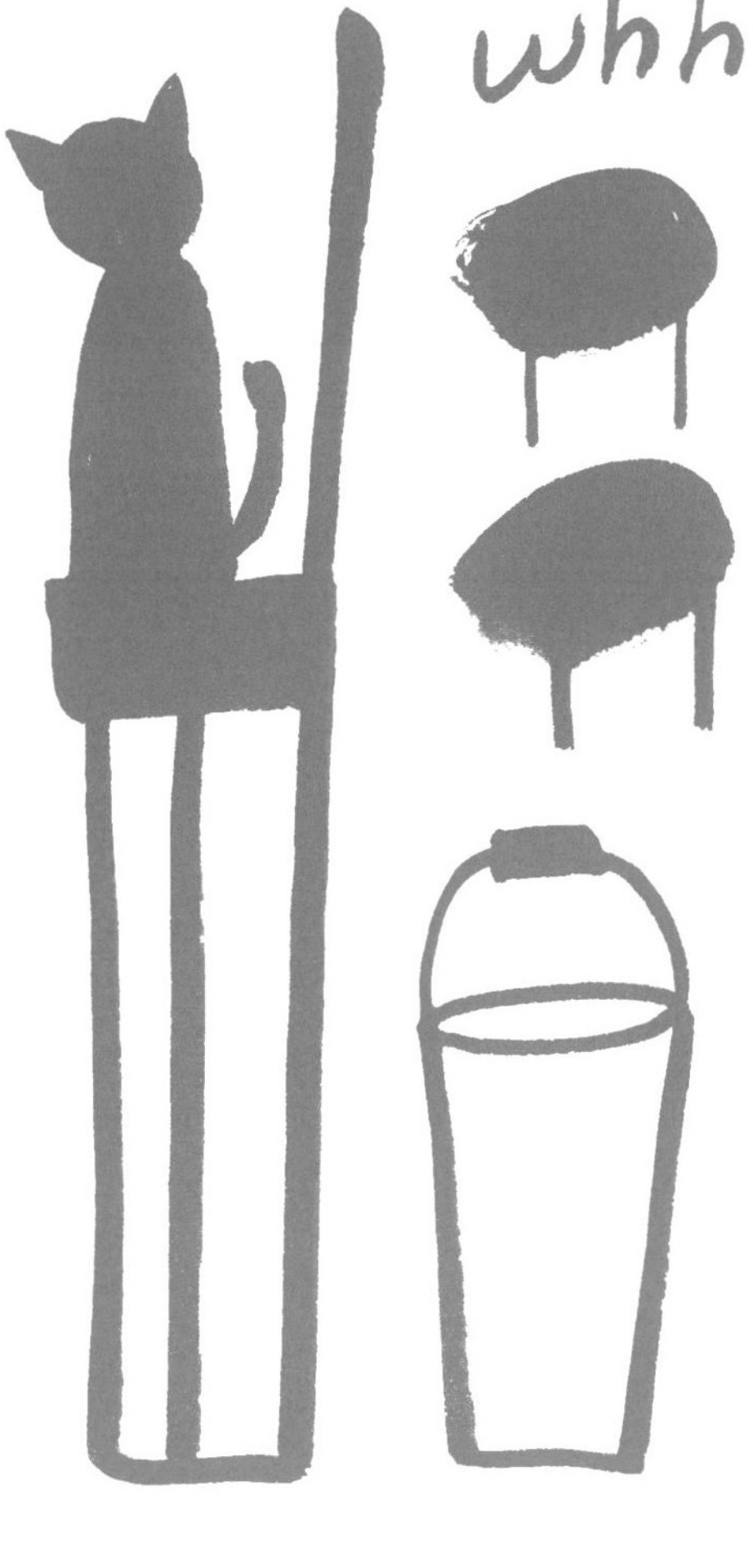
whh

心理的トラウマとして刻みつけられても不思議ではない。

最後の魔女裁判

ところで、多くの人はヨーロッパで最後の「魔女裁判」がおこなわれたのはいつだと考えているだろうか？　なんと、一九四四年にイギリスでおこなわれたのが最後だという。『ウイッチクラフト（魔女術）都市魔術の誕生』（柏書房）の中で占星術師の鏡リュウジさんは次のように言う。

僕は、現代の魔女の話をするときに、いつも簡単なクイズを出すことにしている。「イギリスで最後に魔女裁判が行われたのはいつだと思う？」たいていの人は十七世紀とか十八世紀、といった答えを出すことが多い。答えはいずれもノーだ。驚くなかれ、イギリスで最後の魔女裁判が行われたのは、一九四四年、つい五十年ほど前のことなのだ。これが一七三五年に制定された魔女禁止令が適用された、おそらく最後の事例だ。

一九四四年というのは、私が生まれる少し前のことだ。魔女禁止令はなんと数百年間にわたってヨーロッパの人々の心の深層を拘束していたのだ。とすればこの『ジャンヌ・モローの思春期』に登場した「魔女」たちだって裁判の対象になってもおかしくはない。それくらい欧米では「女性に伝承された自然の知恵」や農耕文化に根ざした「アニミズム的自然信仰」そして「女性の官能性」といったものが排除されていたのだ。では「魔女禁止令」が廃止されたのはいつか？　鏡リュウジさんは言う。

やがて、戦争も終結し、すべてが落ち着いていくころ、ついに魔女禁止令は廃止された。

一九五一年、これが現代の〝魔女〟の歴史の、記念すべきスタートの年になる。

一九五一年まで魔女が罪悪視されていたとは！　もちろん先見の明のある人たちは、そこで現代に魔女を蘇らせる活動を始めた。しかし多くの女性たちは禁止されていた魔女を復元し、魔女になろうとするのではなく、魔女禁止令を制定した男たちの論理、そういう思考回路の「男並み」になろうとしたと考えてみると、なんだかそこには奇妙なものがある。

もちろんこう考えれば納得がいく。女たち自身が、長い「魔女禁止」の中で自らの感性を干涸びさせてきた。それに近代の都市という場所は女性原理的にはできていないので、女性たちは自分の性の本質を見失ってきたのだ、と。なぜなら「魔女」は自然のそばで生きてきたのだし、近代の都市はそういう自然を排除してきたのである、と。

これはヨーロッパだけの出来事ではない。むろん、アジアや東洋においては「魔女」という概念はないけれど、自然性を排除した都市文化を構築したヨーロッパの近代性をモデルとして導入したのが、この国の近代化である。「魔女」というものはそもそもキリスト教が制定したものであったが、いくら日本がキリスト教の国ではないとしても、欧米を手本とした近代化を促進したことで、「見えない魔女禁止令」の文化を導入したと言うべきなのだ。それだけではない。そういった西洋的近代化を推進するために、この国の本来的な自然性やアニミズムの上に立った新興宗教を反国家的として弾圧し葬り去ってきた歴史もこの国にはある。

では、何度も繰り返し放送されているアメリカのテレビドラマ『奥様は魔女』の人気、あれは何なのだろう。アメリカは新大陸であるぶん、旧大陸ヨーロッパのような魔女についてのトラウマが希薄なのだろうか？

魔女に成長するための修行

さきに紹介したジーン・アクターバーグさんはアメリカの女性心理学者だが、一九九四年に出版された彼女の『癒しの女性史』は、「古代の女神、魔女狩り、看護婦の誕生、蘇る女性ヒーラーたち」という「医療史の中の女性の役割」を克明に位置づけている力作だ。

この本を読むと、この地球の文化の大きな歪みや欠落が見えてくる。女性が気づかなければならないのは、近代化というものが暴力的なまでに排除しようとした自然とのかかわりを意識的に取り返すことだと気づく。自分の外部の自然とのかかわりはむろんのこと、身体という内部の自然、さらには性における自然についての知恵や知識を身につけて生きる、それが「現代の魔女」だ。

そう考えてから私は魔女に成長するための修行を始めた。だが人間の女として生きてきた者が魔女に変身するためには、さまざまな自然の知識はむろんのこと、なによりも魔女的な宇宙観、生から死への人生の旅の秘密を理解するためのコスモロジーを学ばねばならなかったし、豊饒な官能性を知るために自分の中のエロスをもう一度見つめ直す必要があった。魔女になるための「心と体と魂」の学びが必要だったのである。

学びの旅の中で、アイヌのシャーマンや沖縄のカミンチュウ、本土の霊能者といった幾人もの本物の「魔女」たちに出会った。ハワイのシャーマンやアメリカ・インディアンのスピリチュアルな人たちという「魔法使い」にも出会った。そのおかげでこの地球にはまだまだ自然を基盤とした少数民族の人たちの文化があり、文化の古層にアクセスできる能力を持った人たちや、自然と深く関わりながら私たち近代化された人間が忘れている宇宙観を生きている人たちがいることを知った。さらに封印されてきた女性の官能性の秘密についても知ることができた。

もちろん、私は懐古的になろうとして、そういう旅を続けたのではない。過去からの知恵を学ぶことで、魔女に向かって「進化」したかった。「心と体と魂」を二十一世紀にふさわしくバージョン・アップしたかったのである。心の旅については『「いのち」からの贈り物　〝運命の環〟が導く、スピリチュアルな生き方』（大和書房）、体をめぐる旅については『草と風の癒し』（青土社）、魂をめぐるスピリチュアルな世界への旅については『はるかな碧い海　私のスピリチュアル・ライフ』（春秋社）、そしてエロスの秘密への旅については『官能論　祝福としてのセックス』（春秋社）に書いたのでここではふれないが、それぞれ私の中の古い思考を変革していくスリリングな魔女修行であった。

二十一世紀の魔女的な思考

ところで、二十一世紀になってから、占星術の勉強を始めたときのことだが、占星術師がこう言った。

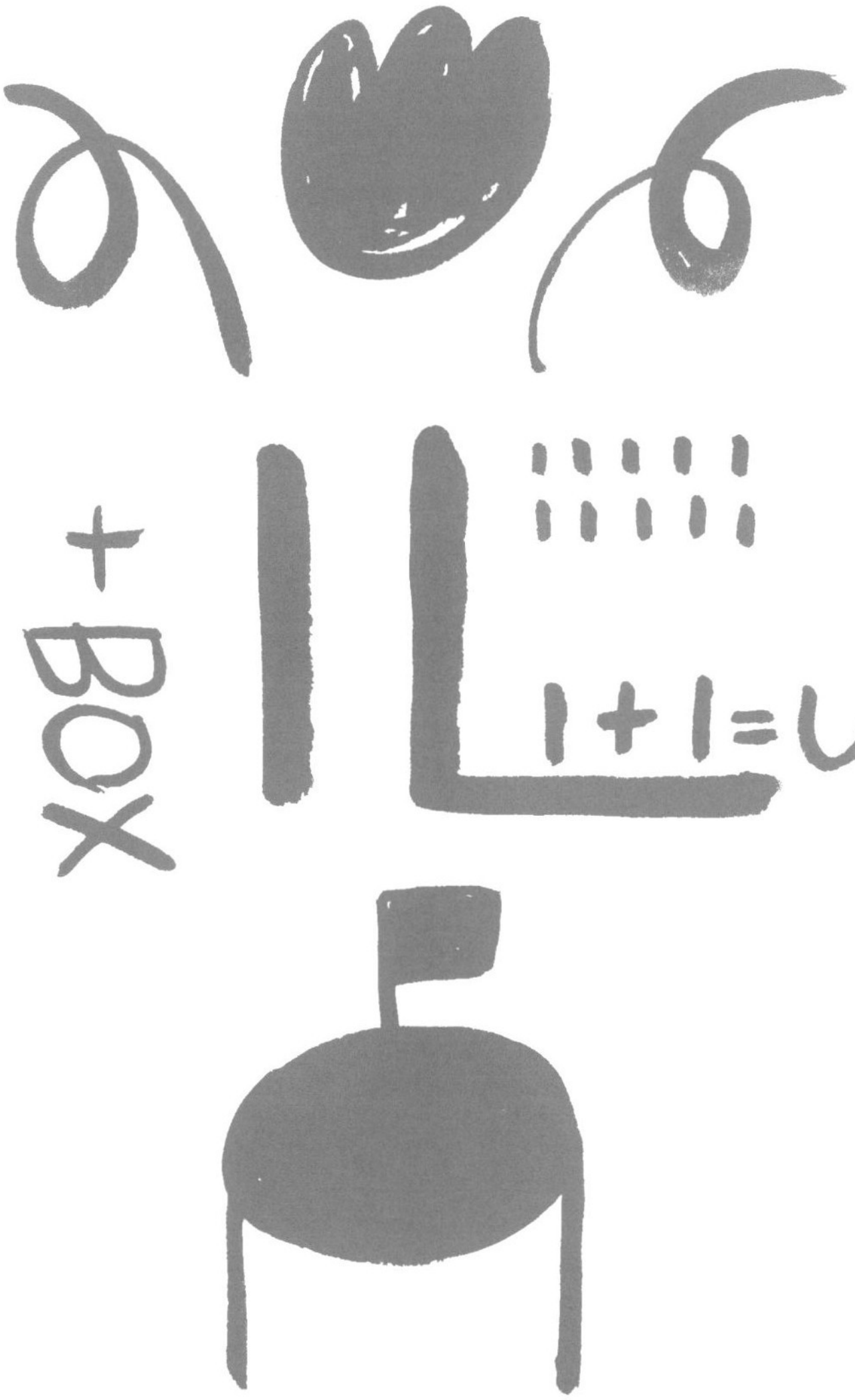
+BOX
1+1=U

「一九六五年以降に生まれた人たちが社会のトップになるとき、この社会は変わるでしょう。この世代にとってパソコンは筆記用具でしかありませんし、この世代が社会の中心になるとき、西洋医学以外の代替医療が当たり前になります」

その理由はこの世代が、この世にやってきたときの天王星の配置が表している。世代にはそれぞれ独自の星が生み出す時代の「星」の配置とそれに基づく時代霊というのがあって、それが社会を動かしていくのだという。それを聞いたとき、私の中である疑問が解けた。

たしかにこの数年の間に、ということは一九六五年以降に生まれた世代が社会の中心になってから、私が長年追いかけてきたさまざまな魔女的な知恵や宇宙観が、一気に社会の表に新しい文化の流れとして出てきた。たとえばそれは次のようなこと。

「占星術」

「タロット」

「カバラ数秘（ユダヤ教の秘教）」

「オーラソーマ（色による魂とのコミュニケーション）」

「アロマセラピー（芳香療法）」

「ホメオパシー（同毒療法）」

「フラワーエッセンス（花療法）」

「チャネリング（地球外存在、あるいは霊的存在とのコミュニケーション）」
「ヒーリング（人の気による、あるいは宇宙的気による癒し）」
「メディテーション（瞑想）」
「リモート・ビューイング（遠隔透視技術）」
「過去世回帰」
「前世療法」
「輪廻転生」
「カルマ（宿業）」
「アカシックレコード（宇宙の記録装置）」
「アセンション（次元上昇）」
「チャクラ（身体にある見えないエネルギーポイント）」
「ホリスティック医療（西洋医学とさまざまな代替医療の統合）」

これはアトランダムに並べただけだが、さらにここに「アトランティス大陸」や「ムー大陸」「古代エジプト文明」「オーパーツの謎」や「マヤ文明」などのさまざまな超古代史の文化遺産への関心や、「火星」「シリウス星」「プレアデス星」など地球外の星の文明への興味が加わる。もちろんこれ以上にもっともっといくつもあげることはできるが、ひとつひとつの内容をここで紹介するわけにはいかないので、それについては興味を持った人が自分で修行していただきたい。

かつて私が魔女修行を始めたころには、これらのことは「ニューエイジ・カルチャー」と呼ばれ一般社会からはいささか珍奇なものと思われていたし、唯物的科学からは非科学として敬遠され、同世代の人々の多くは社会的常識を欠く見解だとした。私の世代の「星」の配置が、旧式の時代霊であったからだろうか。

だが、いまや一九六五年以降の世代の人たちと話すと、これらの文化は自然で当たり前のこととして理解されている。たとえばかつては私のような偏屈な変わり者や大病をした人が食べるものとされていた自然食や玄米菜食も、いまではロハスな暮らしを求める人たちが食べるオーガニック・フーズになったし、体を温めるための半身浴やショウガ紅茶といったものも大流行している。断食や身体から毒を出すというデトックスの考え方も当然のこととされるようになった。

日々の生活の中にアロマセラピーやフラワーエッセンスを取り入れ、植物と深くつながった暮らしをして、必要なときには代替医療を受け、大仰な宗教的修行としてではなく、カジュアルな感覚で瞑想をして、自分のスピリチュアリティを高める。

さらには「目には見えない」オーラやチャクラを通した身体観への関心や、前世療法を受けたりして、自分の現在をこの世以外の観点から眺めたりすることでアイデンティティを確認したり、時には神経症の治療にする。霊的なことがらやスピリチュアルなことへの関心、そして女性たちはエロスを自然なものとして生きはじめている。私が「魔女になりたい」と思い、一九九〇年代に秘かに学んできたさまざまなことは、若い世代にとっては、いまや「普通のこと」になりはじめている。二十一世紀になってみたら魔女的思考はノーマル・モードになっていたのだ。

魔女は新しい文化を生きる

こういった文化にはさまざまな要素があるが、大きく分けると、

「人間に内在する超越的な能力にかかわること」

「自然界の動物や植物、鉱石などと波動的に深くかかわること」

「死者や霊的存在、妖精や天使という目に見えない世界とかかわること」

「運命の秘密を知ること」

「地球人だけがこの宇宙にいるのではないと気づくこと」

などがある。つまりここには、もはやこれまでのような唯物論や唯物論的科学は通用しないし、そういった思考の上に成り立っていた二十世紀的な常識では理解できない、「新しい思考」を必要とする文化が押し寄せているのだ。


なによりも根源的な変換が求められているのは人間観だ。二十世紀の唯物論では、私

たちは偶然に生まれ、死んだら無になるというようなこの世限りの人間観を押しつけられてきた。しかしそれがどんなに狭量なものかはだれでもすぐに気づいたはずだ。

人間は二十世紀が考えたように「遺伝」と「環境」の産物であるだけではない。私たちは一人ひとり「個性」を持って生まれてくるし、「運命」は実に多様だ。アメリカのユング派の心理学者、ジェイムズ・ヒルマンの言葉でいえば、「運命の声が書き込まれた、一粒のどんぐりが人にはある」ということだ。これは『魂のコード　心のとびらをひらく』（河出書房新社）の中の言葉だが、この本には日本のユング派の精神分析学者・河合隼雄さんが〈人間の魂を「遺伝と環境」という因果の鎖より解き放つラディカルな名著〉だと帯に推薦の言葉を寄せている。

そしてその「運命の声が書き込まれた」個性はいくつもの過去世を経験して前世から輪廻転生してきており、今回の人生に転生するにあたって運命といういわば見取り図を自分で選択してきた。この世は「魂の成長」のための経験の場だ。この世においてそういった経験を生き、それを通して学び、やがて来世に転生していくものだとされる。

こういった見解では、シャーマンも霊能者もサイキック能力者も、あるいは臨死体験者も、そして宇宙人も同じように説明している。そういった人間観を信じるかどうかは、もちろん個々それぞれだろう。しかし私はこういった人間観を知ることによって初めて、「なぜこの世に生まれたのか」「私はなぜ私なのか」「死とは何か」「死後どこにいくの

APR

か」という根源的な問いに悩まされないですむようになった。

まだ日本社会ではこういった人間観を学術的に研究している人は少ないが、欧米ではとりわけ新大陸アメリカやカナダでは、アカデミックな人々がこういった人間観に着目して、新しい視点からの心理学や死生学、あるいは医療として取り組んでいる。

さらにサイキックな能力を持ち、同時に科学的な言語で表現できる二十一世紀的な才能を持った人々が、次々と本を書きはじめた。たとえば『光の手　自己変革への旅』（河出書房新社）のバーバラ・アン・ブレナンはＮＡＳＡの科学者から著名なヒーラーになった女性だし、『ホログラフィック・ユニヴァース　時空を超える意識』（春秋社）を書いたマイケル・タルボットもサイキックな家庭に育ち、科学的な言語を使っている。それだけではない。西洋医学の立場から「目には見えない」波動医学を検証しているリチャード・ガーバーは『バイブレーショナル・メディスン　いのちを癒す「エネルギー医学」の全体像』（日本教文社）を書きといったぐあいに、新しい時代の動きは始まっている。もちろんこれ以外にもたくさんの人たちが新しい真理を追いかけている。私の考えではこういった新しい文化に関心を寄せ、これまでの文化にはなかった驚きを生きることができる人が、二十一世紀の「魔女」であり「魔法使い」だ。『癒しの女性史』のジーン・アクターバークさんは次のように言う。

自主独立の治癒の道を切り拓いたり、男性中心の分野で指導者となったり、科学的発見のパイオニアとなったりした女性たちは、みなひとつの代償を払ってきた。それは、男性をモデルに自らの役割をつくりあげたという点である。われわれは、男性的な話し方、考え方、装い方、行動方法をまねた。この結果われわれは、貴重な女性的特性を培うことを忘れ、しかも往々にして自分自身を半ば失ったことすら自覚しなかった。現在、男女を問わず多くの人々が、バランスある進路を探っている。地図ももたずに未開の荒地に足を踏み入れ、探索しながら各地点、障害物、小径、分岐点に命名することが求められているのである。

二十世紀半ばに生まれた私が、魔女に進化するための小径を探すのは容易なことではなかった。もちろん「人間の女」のままで、二十世紀的な「おばあさん」になって静かに枯れていくのもひとつの道だろう。だが「魔女」にはさきに紹介したようなさまざまな魔女カルチャーの学習や修行が待っているのでやるべきことがいっぱいあって、とりあえず枯れてはいられない。とはいえ私はいまやっと下級魔女になったくらいだから、たいしたことはない。しかしいつの日か、ホウキに乗って空を飛ぶ上級者になることを楽しみにしているところである。

「小さな楽園」の作り方

更年期の「影」と「脱皮」

「楽園」というと、ターシャ・テューダーの作り出した素晴らしい庭や、その庭にふさわしい古めかしい手作りの暮らしを、多くの女性たちは思い浮かべる。私が初めてターシャの写真集に出会ったのはサンフランシスコのガーデニング・ショップで、まだ四十代のときだった。英語版だったからほとんど写真を眺めるだけだったが、それでも重い荷物になることを苦にもせず、その写真集を買って日本に帰った。そこにあった作り出された楽園の魅力に心ときめいたのである。

だが、その楽園をうっとりと眺めていたのはほんの数年。気がつくと、私は楽園どころではない鬱屈した五十代の日々に入っていた。

更年期の最大の事件、それは閉経である。閉経によって、女性ホルモンが急激に減退すること。それによって身体的にはサーモスタットが壊れたような状態になる。「ほてり」がいきなりやってくる。英語では「ホット・フラッシュ」と言うが、まさにフラッシュをたいたように、予知もなくいきなりホットになってしまう。時には大量の汗、そして次には急激な冷え。私も自分の身体が別人のようになっていくのを唖然と眺めていた。

次に「不眠」。それまではぐっすりと寝入っていたのに、ふっと夜中に目がさめてしまい、寝付こうと思ってもしらじらとして、時間だけが刻々と過ぎていく。もちろんこういったことは個人差があることだが、更年期という季節になると、だれもが通過儀礼として、身体変化の波をかぶり、それによって以前の自分と現在の自分の間に、溝ができはじめているのを知らされる。

その結果、これまで自分だと思っていたものに居心地の悪さを感じるようになる。洋服だったら、もう似合わないからと捨てることもできるけれど、自分を捨てるわけにもいかないし、新しい自分はまだはっきりとしたかたちができていない。そんな中途半端な状態になっていく。

そのころからだ。心の中から何かがむくむくと蠢きはじめ、「何かが違う」と感じるようになる。心理学では、更年期になると私たちは「影」に直面してうろたえるという。影というのは、実現されなかった自己や直視するのを避けてきた自我の部分。捨ててきたものに未練はなかったはずなのに、私の場合も、気がついたら影は亡霊のように私の前に立っていた。どうにもならないと理性ではわかっていながら、後悔や苛立ちが心の奥の沼のようなところで蠢く。まことにややこしい。

こういった心身の出来事を名づけるとすれば、更年期の「脱皮」という言葉がふさわしいだろう。しかし脱皮というのは、簡単にはできない。この一筋縄でいかない葛藤の中で、悶々として自分を見つめるしかない。影を「知る」ことで、感受性の襞はふえていくけれど、それによって悲しみは深くなり、傷口は痛み、喪失感は濃密になる。中にはそういった葛藤の沼の中に沈んでいき、鬱状態になってしまったり、収拾のつかないままにさまざまな宗教へと駆け込んでいく人もいる。

そして、ここで問題が起きる。脱皮しようとする妻と夫のパートナーの関係のきしみだ。結論から言うと、五十代はパートナーシップを作り直すべき季節なのだが、妻は脱皮していくにもかかわらず、夫は女性のような愕然とする更年期を経験しないので、妻の脱皮願望や変化を理解できない場合が多い。

生物的に女性は階段を一気に下りるように変化するが、男性の更年期は放物線のようにだらだらと変化していくので、女性のように脱皮的ではない。それになんといっても私たちの世代までは、この社会は男性中心に動いているので、それを意識化してそこから妻の煩悶を理解できる男性は少ない。このギャップが生み出すもの、それが夫婦間の食い違いやバトル。

そんな日々の中で私が憧れていたのは、海辺に小さな小屋があったら……という思い。もちろん、好きだったリンドバーグ夫人の『海からの贈物』の中に出てくる簡素な海辺の小屋に触発されたイメージだ。

しかしその小屋はリンドバーグ夫人が書いているように、家族を支える力を養うために「ひとり」になる場所ではなかった。それどころか、私は家族から逃れたかったのだ。だが家族といっても、私の場合は四十代で父と舅を見送った。姑は早く亡くなっていたし、母とは早く離別していた。夫と亡くなった先妻の間に生まれた息子も独立していた。だから、逃げ出したかった五十代の家族というのは、夫だった。

といっても夫が何か特別な問題を起こしたわけではない。自分の中にあったこれまでの私、良妻賢母的なタガに呪縛された「わたし」を、私自身が嫌になったのだ。

「円満を保つには、これまで通り7対3という夫優先を続けるしかないのでしょうか。せめて6対4に、と思う団塊世代の妻です」

これは新聞に載った投書だが、私の世代の妻の気持ちをよく表している。作家の荒俣宏さんは、これから「妻の夫離れ」が始まるから、夫たちよ、孤独に強くなろうと言っていたが、これは正しい自覚だ。

そんなとき、親しい女友達から手紙が来た。そこにはまさに私と同じ葛藤と、そこからの脱出が書かれていた。

ようやく自分の心の整理もつきました。「私が私を励まし、私は私の人生を生きる」と、今更ながらに再確認しました。

夫が私を支えているわけではなく子供達も私自身の励ましにはなりません。私という存在の中心が理解できるのは、私しかいないのです。

それが良く判ったので、今の私は案外さっぱりしています。外見的にはよる年並の肉体的トラブルに振り回されぎみですが、中心はいたって静かな世界です。

夫とは感じ方や行動の仕方に多くの点で違いが歴然とし、互いになるべく別行動をとった方が今は平和であるようです。

「私が私を励まし、私は私の人生を生きる」という言葉の清々しさ。彼女は長い葛藤から自分を救い出し、夫は夫の道を、自分は自分の道を歩もうという、人生の新しいステージに到達したのだ。この手紙のおかげで、もやもやしていた私の気持ちも一気に晴れた。

以来、冷静に周囲を眺めてみると、いるいる、影と戦っている女や、新しい自分になりたくて夫に別居宣言をした女、中にはあと一歩で離婚という土壇場で夫に倒れられて休戦状態に追い込まれた女。

つい先日、私の知っているある男性も、妻から「別居したいから、あなたは別荘に行ってちょうだい」と宣告されたと言う。その宣告にとまどっているようなので、それは妻が脱皮していること、更年期ならではの現象であること、あなただけではなく、あちこちで起きている現象であると説明した。すると脱皮という言葉で、少し自分の立場がわかってきたらしい。みんな楽園どころではない。夫婦の五十代というのは、嵐の時代と言ったほうがいいようだった。

そんなある日、テレビでターシャのドキュメンタリーを見た。そして不意に気づいた。そうだ、ターシャには夫がいない。彼女は若いときに離婚して、シングルのまま生きてきた。だからあの楽園はターシャだけの自由な世界だ。彼女の夫もそうだったらしいが、多くの夫たちは、あんな十九世紀風の不便で古めかしい暮らしをしたがらない。私たちは自由になるために夫や影と葛藤しているのだが、ターシャはとっくに自由だったのだ。

親友になって、自分の「楽園」を作ろう

しかしこの結論は、なにか面白くなかった。たとえ夫がいても、これからの人生を楽しく生きていくための考え方があるはずだ。自分のための自由な「小さな楽園」を作れるはずだ。もちろん夫は夫で、自分好みの楽園を作ればいい。そして二つの楽園を共存

させる。そういう方法はないものか。

人工知能の開発にかかわっているうちに、「男性脳」と「女性脳」に決定的な違いがあることに気づき、それをもとにしてエッセイを書いている黒川伊保子さんは、更年期の夫婦がどのようなパートナーシップに到達すべきかについて『月刊現代』で次のように言っている。

「男女とも生殖期間を終えた脳というのは、あとは知性でしか救うことができないと思うんですよ」

たしかにそうだ。かつて恋人だったときのようなエロスはもはや消えているし、子育てや介護という家族のための役割を生きた情熱も変質している。そういう意味ではこの「生殖期間を終えた脳」というのは、実に名言だ。

だから、と黒川さんは言う。この時期の夫婦のバトルは、「人生の試練としてどの夫婦にも用意されている」「厳しいプロジェクト」であって、小手先では解決しない。お互い知的になって、「上手に親友になる」ことが救いの道である、と。

夫と妻という関係を卒業して、「上手に親友になる」、これは納得できる方向だ。うまく親友に変化した男女が、それぞれ自分の方法で自由に人生を楽しみ、そして時には親友として一緒に人生を楽しむ。次のステージはそのあたりにあるのだろう。

そんなことを考えるようになって出会った一冊の本、『日々是布哇《ひびこれハワイ》　アロハ・スピリットを伝える言葉』（デブラ・F・サンダース著、太田出版）の帯にこんなすてきな言葉があった。

「今いるところをハワイに変えるための365の魔法」

なんだか突然、私の心に南の貿易風が吹いてきた。もちろんこの場合のハワイというのは「心の状態」である。だから「今いるところを沖縄に変える」でも「フィンランドに変える」「パリに変える」でもかまわない。自分にとっての楽園のイメージをあてはめればいい。

私は以前から「流れにまかせる」というハワイの自然観や宇宙観、人生観、この本の言葉でいえば「ハワイ的思考」が好きなので、この際今いるところをハワイ風楽園に変えることにした。そして、楽園のイメージを書き出してみた。

- 着ることの楽園（どういう服が快適か）
- 食べることの楽園（納得のいく食べ方）
- 暮らすことの楽園（住居との付き合い方）
- 楽園で読みたい本／知りたいこと
- 楽園で聴きたい音楽／見たいアートや映画
- 楽園でこれから新しくやりたいこと

もちろんここに、「病気との楽園的な付き合い方」や「老いとの楽園的な関わり方」、「死との楽園的な出会い方」などが加わる。生きることだけが楽園の出来事ではない。私も、これまですでに多くの親しい人の死を見送ってきたし、さいわい四十代を通してホリスティック医療やスピリチュアルな癒しについて学んだので、以前よりも「生老病死」に柔らかい心で向き合えるようになった。

ともあれ、自分の今を楽園に変える。これは実に魅力的な心の技術であり魔法だ。これからはこの魔法を使う魔女になろう。

ではこの魔法の基本は何かというと、まず「どうにもならないこと」と「どうにかなること」を見極めること。そして「どうにもならないこと」は空や海、山などの大いなる自然に委ねて手放し（他力本願）、「どうにかなること」は熱く努力しよう（自力本願）。

そして気分が落ち込みそうなときは、自分で心を持ち上げる（セルフサービス）。トシを重ねると体が硬くなるので、心も硬くなりやすい。だから歌ったり、踊ったりして心と体をほぐそう（歌うバカ、踊るアホ）。

押し寄せてくる波には無意味に逆らわず、すべからく出来事を受容し、たとえ何が起きても最良の意味でこれもわが運命だと納得しよう（色即是空、空即是色）。

楽園のモットーは、

「無理をしない」

「まあまあ」

「神様におまかせ」。

ターシャの庭のように現実的で美しい楽園ではないが、ハワイ風の心の楽園なら、こういう「てげてげ」（奄美の言葉で「てきとーな」）の楽天主義が似合いそうだ。そんなわけでアバウトながら、私の「小さな楽園」はまさに「日々これハワイ」である。

【初出】

＊「緑に囲まれながら」＝『心のガーデニング』（心のガーデニング書房発行）No.33（二〇〇二年一月号）～No.91（二〇〇七年一・二月号）掲載「伊豆高原からの風」を改題

＊「魔女の森へ」＝書き下ろし

あとがき

東南アジアが大好きな人と一緒に、乾期のタイとラオスを旅したことがある。「タイ料理はね、辛さや甘さ、酸っぱさ、塩っぱさの複雑な味を楽しむものなんですよ」たしかに食堂やレストランのテーブルには赤い唐辛子や砂糖、レモンやライム、ナンプラーなどが常に置いてあって、彼は手慣れた手つきでそれらを見事に混ぜ合わせていた。それにくらべるとラオスの味は、さほど複雑ではなかった。

五十代の日々を振り返ってみると、「辛さや甘さ、酸っぱさ、塩っぱさの複雑な味」という言葉が重なってくる。とはいえ、その複雑さを「楽しむ」という域にまでは、私の場合は到達していなかったように思う。

人生のどの時代も、それを生きてみなければわからないものがあるが、五十代というのはちょっと特別なものがあった。まず閉経によって体の中で変調が始まり、その変調が心にまで及んでいく。どちらも初めての経験である。大きなものから解放される気持ちと何かが終わっていく悲哀のような気持ちがうまく噛み合ない。いま自分はターニング・ポイントにいるとわかっているのだが、定点が定まらず、定まらないままに揺れている。

こういったことにくらべれば、四十代までの人生は直線的でシンプルだった。だから、自分というものも「まあこんなものだろう」とそれなりに安定していた。人生というのは自分が方向を選択して、その結果を歩いていくものだと疑いもなく受け止めていた。

五十代になってそれが怪しくなった。自分というものはそれほど単純なものではなく、もっと多色の混沌や、割り切れない底深さがあり、さらに年齢を重ねた結果の新しいものの芽生えがある。だが、それらの複雑さに対処する方法がまだ見つかっていない。五十代はそういう意味では、魔の季節だ。

そんなあるとき、何人もの女友達からシンクロニシティのように、バッチ博士の「フラワー・エッセンス」が効く、という話が伝わってきた。イギリスのイングランドやウェールズ地方に咲く野生の花のエネルギー（波動）を自然の湧き水に転写したものを飲むと、心身の不調が整い、感情のバランスがとれ、自然治癒力が高まるという。

感情的なもつれや、心の傷のしこりがそんな水で治癒するのかと最初は疑ったが、あまりにも何人もの女性から言われたので試してみることにした。小さなボトルに入った液体を数滴スポイドで口にふくむ。それだけのことだったが、不思議なことに、しばらくして自分の中のある種の苛立ちが消えていた。

だが、それだけですべてが解決したわけではなかった。なにしろ五十代の複雑さは、どんどん深まっていったので、新しい解決策を考えながら暮らしていかねばならなかった。

そんなころだったと思う。五月のある日、九州からわざわざ二人の同世代の女性が伊豆高原までお出でになった。六百田麗子さんと池田典子さんだ。これから自分たちの手で小さな新しいメディアを作っていきたいので、同世代として参加してほしいということだった。

もの書きとして、さまざまなマスメディアに関わる編集者にはたくさん会ってきた。しかし、二人の女性が運んでこられた空気は、そういうマスメディアのプロフェッショナルの人たちとは違うものがあった。まっすぐさと言ったらいいのだろうか。マスメディアはよくも悪くも時代の風に添って流れていくが、二人の女性には、そういう大きな風に添うのではなく、「自分たちの世代の心」に種を植えたいという気持ちのよい志があった。その志に私の心も同調したので、文章を書かせていただくことにした。

それが矢野洋子さんの穏やかな花の絵の表紙で始まった『心のガーデニング』である。ちょうど私がフラワー・エッセンスを飲んでいた時期だったので、もしかしたら矢野さんの花もシンクロニシティだったのかもしれない。

それから時間が流れ、私はいま五十代の旅の終わりに来ている。やっと、このごろ人生の、あるいは自分という生き物の「複雑な味」を楽しむことが少しできるようになった。それは、同世代の女性たちとの心の交流の中で、新しい経験を言葉に直す作業をさせてもらったことで生まれたものかもしれない。

今回、それを一冊の本にまとめようと言われて、とてもうれしかった。しかも同じ九州福岡の出版社である海鳥社さんからだから、私なりの種が九州という土地で小さなかたちになったようで、うれしさは二重だった。

そこで、編集者の別府大悟さんのすすめもあって、思いきって長い間秘かに考えていた私なりの魔女論と、小さな楽園作りを書き下ろした。おかげで私は、これから老女ではなく魔女になって楽園で楽しむ人生を送れそうだ。皆さんに深く感謝しながら、新しいホウキに乗って、飛び立つことにする。どうも、ありがとうございました。

宮迫千鶴

二〇〇七年初夏のよき日

宮迫千鶴（みやさこ・ちづる）
1947年，広島県に生まれる。1970年，広島県立女子大学文学部卒業。画家，評論家，エッセイスト。身体，いのち，霊性の不思議に着目し，目に見えないところへの旅を続け，多くのエッセイを発表。現在は，海の見える町（伊豆高原）で，雑木林のそばを散歩し，夜空の星を見上げ，小さな畑を作って，人生を楽しみながら暮らしている。著書に『草と風の癒し』（青土社），『海と森の言葉』（岩波書店），『「いのち」からの贈り物』・『魂を大切にする生活――ココロとカラダにやさしい，スピリチュアルな12の月』（以上，大和出版），『美しい庭のように老いる』（筑摩書房），『月光を浴びながら暮らすこと』（毎日新聞社），『はるかな碧い海――私のスピリチュアル・ライフ』・『官能論』（以上，春秋社）など多数。

魔女《まじょ》の森《もり》へ
小《ちい》さな楽園《らくえん》の作《つく》り方《かた》

■

2007年 6 月25日　第 1 刷発行

■

著者　宮迫千鶴
企画　心のガーデニング書房

■

発行者　西　俊明
発行所　有限会社海鳥社
〒810-0074 福岡市中央区大手門 3 丁目 6 番13号
電話 092(771)0132　FAX 092(771)2546
http://www.kaichosha-f.co.jp
印刷・製本　大村印刷株式会社
ISBN 978-4-87415-647-6
［定価は表紙カバーに表示］